# 留存道

富足且自在的生活

卞栎淳 / 著

长江出版传媒 | 长江文艺出版社

北京长江新世纪文化传媒有限公司
www.cjxinshiji.com
出品

# 自　序

## 世上本无无用之物，只是放错了位置

有人问我：“留存道”是什么？你为什么会提出这三个字？它源于我的成长经历，继承了中国几千年来的儒学思想，诞生于我现在从事的衣橱管理事业。

这个自序应该是本书中最核心的部分，却是在我思考并纠结了很久的情况下，临下印刷厂前写出来的，因为我一直担心的是无法做到最好。在校对书稿的过程中，我反复看了一遍又一遍，总是担心不擅长写作的我，无法将心中所有想法都表达出来。朋友都说，一本书没办法把所有内容都呈现出来，尽力做到最好就行。我转念一想，确实，“留存道”是一个理论体系，诞生于我从事整理行业6年的丰富经验，不是一本书就能诠释得完的。而且随着整理行业日益火热，“留存道”的理论也会不断与时俱进，推陈出新。未来，我希望将“留存道”理论应用到生活中的方方面面，让中国人学会选择最适合自己的生活方式。

4个月以前，我生了一场大病，住院近两个月。临床的两个病友，一个70多岁的老阿姨（已离世），一个40岁出头的姐姐，都很不幸地被诊断为癌症。我比她们都幸运，经过一个全麻 6 小时的手术后，我顺利出院，但却以摘除部分病变的味觉神经为代价，舌尖的 2/3 处永远失去了味觉。

早在生病之前，我就开始撰写这本书，之前的内容与现在成书是完全不同的，当时担心知识产权被盗用，所以写得相对保守，干货也不多。经过这场大病我突然害怕了，万一有一天我死了，我的“留存道”怎么办？万一来不及说怎么办？所以，4 个月后，我成功地挣脱病魔，这本书也像是获得了新生，将我从事整理行业的心路历程娓娓道来，它既是一本自传，也是一本实用的工具书。

有人问过我：“断舍离”是让我们扔扔扔，而“留存道”是让我们留留留，可以这样理解吗？

《十三经》之一的《尔雅》，是中国辞书之祖，它解释了什么是“留”：“留，久也”，即所有能穿越古今的事物，都是经过了保留的。世界上有四大文明古国，分别是古中国、古巴比伦、古印度、古埃及，它们能成为古国的原因都是因为善于“留”，留存下自己的文明，让自己的文化绵延不绝。老子说：“君子不失其所者久。”说的是君子不论在什么环境下，都需要保有自己的品性，这句话同样适用于物品，每件物品想要使用长久，就要“不失其所”。不失其所，谓之留。

我提到的“留”并非提倡完全不扔不舍，而是留下那些对于你而言有价值的、有意义的、可以继续循环再利用的东西，这些东西并不一定是为你而留，也可以为他人而留，为社会而留，为一个国家而留，为一个时代而留。

“上千吨洋垃圾流入中国”，这是一条令人震惊、令人心痛的新闻，我们赖以生存的环境被这些垃圾物品侵蚀着，而中国为何变成洋垃圾回收站？随着日式整理大潮涌入中国，许多人在没有真正领悟日式整理真谛的情况下开始了盲目地扔扔扔，试想，盲目丢弃所淘汰出来的垃圾将去向何处？是否会像我们所说的“洋垃圾”一样，流入第三方国家变成他们的“洋垃圾”？而全球对于“洋垃圾”的销毁处理，都将成为制造雾霾的帮凶。我们似乎忽略了很重要的一点，同一个地球，同一个家。

全球都在思考如何将现有资源再利用，如果把这个问题放在我们的家里呢？如何将家里的物品循环再利用，这是一个值得深思的问题。我总说，世上本无无用之物，只是放错了位置。如果我们把生产廉价快消品的小聪明，放在再生新能源的开发上，那将是多么有意义的事情——原谅我扯得有点远。

前段时间我看到一篇报道，称未来的几年后，中国房地产新建住宅将不允许毛坯房交付，逐渐实行全装修交付。原因就是重复装修会带来极大的资源浪费，同时装修时间过长也存在着安全隐患，对环境会造成不同程度的污染。当然，全装修并不意味着千篇一律，而是根据人们不同的经济承受能力可选择不同风格的装修样式。全装修的普及，催促着人们开始思考一项内容，那就是家庭储物空间的规划与利用。

买过一套房的家庭一定深有体会：装修的时候大家往往很看重

如何让居住空间看着通透明亮显大，注重美观，而忽略了储物空间的预留，入住一段时间以后开始发现各种问题，比如厨房储物功能不多、鞋柜过小、衣橱不小可浪费的地方却很多、家里小杂物无处安放，甚至没有一个能集中放置杂物的空间……6 年当中，我在顾客家见到太多不合理的家庭储物空间，空间不合理会极大影响我们的服务质量，但是我们又不能把顾客装修好的房子拆掉重新设计安装，面对那么多不合理空间的“受害者”，我选择对空间进行“保守治疗”，即动手改造缺陷空间，将其内部格局变合理。这也就是“留存道”为什么会延伸到空间的规划与缺陷空间改造的重要原因。

很多事情以前是由于我们不认知，所以没有准确的判断力；而现在并不是我们不认知，而是我们不愿意改变。拿现在我们家庭用的整理用品来说，因为储物空间内部格局不合理，所以我们为了迎合不合理的空间，去购买各种花哨的整理用品，比如回型裤架、鱼骨架、蜂窝收纳格、真空收纳袋、各种收纳盒等，而用过一段时间却发现买来的整理用品也成了生活的闲置物品，我们还要为这些闲置物品腾出放置空间，支付昂贵的空间费用。

除了空间成本，我也见过很多人在为错误的空间格局而支付昂贵的时间成本，比如因为空间格局不合理，挂不下那么多衣服，所以我们 get 了各种貌似酷炫的花式叠衣新技能，然后陷入无限叠叠叠又不断重复乱的劳作中去。因为空间格局不合理，装不下自己心爱的物品，为了能够使眼前不凌乱，我们被迫选择“仅当下需要的物品”来“强迫自己丢弃”，然后我们曾经想要收藏的心爱之物，就此结束了它原本可以被欣赏的、傲骄的、有价值的一生……

归根到底，我们当下的生活方式很多都是在纵容错误的存在，因为纵容错误的存在而滋生了快消品使用的伪需求。比如快消品的衣服，买的时候满足的仅仅是一时的潮流趋势，为了迎合口袋里有限的钱和心里“舍不得”的意念，买回了“差不多能用就行”的衣服，结果因为衣服质量不好，没穿多久就成了闲置，扔了觉得没穿几次有点可惜，不扔又觉得品质感不好，自己也不会再穿。我们为什么不从一开始就杜绝重复消费，哪怕攒几个月的钱，买一套可以穿几年的衣服呢？

这就是我们常说的消费观，我的消费观在我很小的时候就定型了，多买真心喜欢且品质感好的衣服，以至于我淘汰的物品真的很少。我也会有闲置物品，但这些闲置物品并不是垃圾和无用之物，而是可以捐赠、转卖、收藏或者仅仅是暂时的闲置，当需要的时候还能用的东西。所以，有时候品质跟品位与金钱无关，关乎的是你对生活的态度和你的生活方式。

有幸在 2016 年的最后一天看到罗胖（罗辑思维创始人罗振宇）的跨年演讲《时间的朋友》，其中有一篇提到高品质服务能带给顾客怎样的用户体验，就是一句话：“你不用懂，听我的！”令我感觉醍醐灌顶又亲切无比，这正是我们做了 6 年衣橱整理服务所一直秉承的服务理念。这句话就像是一只大手摸着我的头说：“坚持下去，你是对的！”是的，我创立的衣橱管理服务体系，是经过 N 次用户体验后而得出的商业模式，衣橱管理的培训体系也诞生于实战数据。我经常大言不惭地说，整理用品厂家、衣橱制造厂商、空间装饰设计师都是制药厂，虽然认知到用户及市场有单方面需求，但由于用户本身无法将自己的需求准确且量化地表述出来，很多商家就无法精准地知道用户到底需要什么，造成信息不对等，导致用户体验不好。我们作为“临床医生”，用经验和数据给出专业的用户需求，而这个需求便是眼下整理行业、整理用品厂商、装修设计公司、房地产商乃至其他衍生行业最具有价值的商业数据。

罗胖的演讲中还提到一句：“最好的服务，是给你还不知道的好东西。”在这里不得不提到我已正式受聘于“索菲亚家居”，成为 2017 年度索菲亚家居独家签约空间收纳顾问。没错，这是个认知迭代的社会，我们需要做的就是把最好的服务理念与空间设计理念给到你们，只要空间规划得合理，人人都是整理师！

所以，“留存道”是个多面体，它可以是一种整理术，也可以是一种生活方式，更可以是一种思维模式。一本书真的无法诠释太多，而这本，我的定义是，一本集心灵哲学与空间整理技巧的魔法书。

翻开这本书，只是你的一小步，读完并真正领会书中内容，美好的生活才刚刚开始……

# 目　录
CONTENTS

## 实操篇：空间提升 50%：越用越大的空间整理魔法

## 番外篇：我的经历：知其所以然，才能知其然



## 附　录：他们眼中的留存道

# 留存道：

## 一种富足且自在的生活方式

一个人的生活方式并非是一味地扔扔扔就可以改善的，我们改变得了表象，却改变不了根本。给自己留一些思考的时间和空间，否则你丢得了物品，却丢不掉心中那团欲望之火。

# Part 1

## 留存道与断舍离的生活方式

### 风靡一时的“断舍离”真的适合我们吗？

如果你是一个关注整理的人，你一定听说过“断舍离”，这是由日本杂物管理咨询师山下英子在瑜伽修行中参悟的一种整理哲学。

断，指断绝不需要的东西，即从源头上杜绝无用之物的进入；舍，指舍弃多余的废物，即对现有物品进行筛选和舍弃；离，则是指通过断与舍，最终达到脱离对物品执念的状态。

诚然，在“断舍离”的概念中包含着很深的哲学意味，然而对于一般人而言，断舍离最直观的理解就是扔、扔、扔——将凡是现在自己不需要的东西统统扔掉！因为扔掉的东西从此再也不需要操心将它放在哪里合适，所以，这种“快刀斩乱麻”式的做法的确是一种最彻底的“整理”方法。

可是，在盲目、疯狂的“扔、扔、扔”之后，很多人的问题来了（你是不是也遇到过同样的烦恼呢？）：

· 日后需要用的时候很后悔；

· 想起扔掉的物品所承载的记忆很后悔；

· 以为过时扔掉的衣服，潮流又流行回来时很后悔；

…………

总之，一番疯狂的扔、扔、扔之后，却在随后发现已扔的不该扔，从而继续用买、买、买来填补缺憾。而买、买、买的结果是家里重又变得凌乱不堪，于是再次整理，再次扔、扔、扔，再次买、买、买……

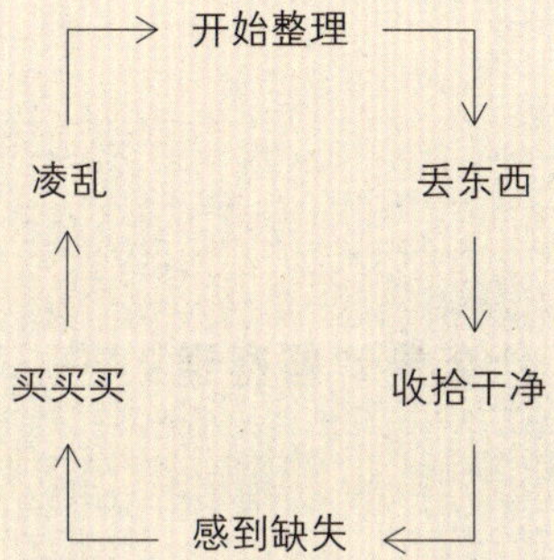


这时，你发现自己陷入了一个无底的旋涡，这一定不是当初你在扔东西时想要的结果。你一定感到困惑：到底是哪里出了错呢？

其实，错不在你。“断舍离”这种舶来的观念对于人的要求非常高，对于经济发展起步相对滞后的中国来讲，无疑超出了大多数人意识能力的执行范畴。我们的经济虽然在飞速发展，赶超发达国家，但是人们观念和习惯的进化却需要一个过程。从“1”到“3”中间需要有一个“2”，留存道就是通往“3”的那个“2”。

## 什么是“留存道”？

liú
留

慎弃、慎舍、慎扔，不浪费
已存在的东西，合理利用，
有效归纳。

cún
存

安置好存放在家里的闲置之物，物品并
无新旧之分，买来入室，即为所需；存
储得当，即为所用。养审美，减少浪费。

dào
道

将对物品的厌弃转为翻新的归纳与利用。让
身心时刻处于满足、新鲜感，以及无限创意
的空间里，成为一种新的生活理念，新的时
尚之“道”。

留，即留住，提倡要慎舍、慎弃、慎扔。断舍离关注的是扔什么，而留存道关注的则是留什么。

存，即存放，留下来的东西，就要认真考虑应如何存放。物品并无新旧之分，买来入室，即为所需；存储得当，即为所用。

道，即方法，如何将自然的、已存在的、保留下来的万物循道归正？这需要我们在不断存储的过程中，寻找和创造物品新的价值和使用方式。

## “留”是为了更理智地“舍”

从定义上来看，断舍离是通过丢弃的方法，除去内心对事物的执念；而留存道是用存储的方式，减少对事物舍弃带来的遗憾。二者看似两个矛盾对立的概念，但实际上并非如此。

断舍离诠释的是我们该抛弃哪些物品，留存道解析的则是我们该保留哪些物品，二者只是关注点不同。

留存道的提出，**是希望大家通过对空间的规划与缺陷格局的改造，让以前装不下那么多东西的储物空间尽量装下所有物品，并将所有物品都一一呈现在眼前，然后给自己一些时间，去重新审视自己与物品的关系。当**

我们看到物品以后，即便不能马上决定它们的去留，至少可以知道我们都有些什么，哪些是有用的，有用的不必再买，而看到无用的物品更是让自己成长的最好方法，可以让我们正视自己的消费观和价值观。如果直接把物品丢掉，因为整理而去丢弃，快速地决定，甚至没有一个深度的思考并成长的过程，那么，你一定还会重蹈覆辙。经过如此一番审视之后，此“留”已不再是彼“留”，此“留”是为了更好、更理智地“舍”。

所以，“留存道”概念的提出并不是为了驳斥“断舍离”，它其实很好地弥补了“断舍离”中“断”的缺憾。如何断？断不掉该怎么办？硬生生让你断掉对物品的执念，多数中国人都做不到，这种做法不理智，也不近人情（这就是很多人扔完东西会后悔的原因）。因此，留存道是更符合现阶段中国人心理特点的人生整理哲学，是那个从“1”过渡到“3”的桥梁。

# Part 2

## 发达国家的现在就是中国的未来

我身边的很多人说，在读《断舍离》的时候，总好像缺了点东西，但就是不知道缺的是什么。其实，我们所欠缺的，就是从“1”到“3”之间的那个过程。因为，发达国家的过去才是中国的现在，而发达国家的现在就是中国的未来。

我们不妨回忆一下，大概在5年前的中国是什么样的状况——人们只知道买买买，也不知道自己适合什么，反正经济条件好了，就要买各种各样的东西，人家有的我也要有。可是最近两年中国人变得理智了，买东西的时候没有那么疯狂，也开始意识到家里的东西多了。这个时候，突然间《断舍离》来了，大家于是争相热捧，扔了个痛快。

但是我敢保证，绝大多数人在扔过之后都产生过后悔的感觉。因为只有那些非常清楚自己想要什么的人，才不会买错东西，因此也不会扔错东西，但这样的人只占少数，在中国只有不到 10%，而 90% 的中国人目前还并不清楚自己想要什么。

目前中国所处的消费阶段属于从消费到创费的阶段。什么叫创费？创费就是创造消费。比如以前你想买一瓶矿泉水，有专门卖矿泉水的店，你进去买了矿泉水就可以走了；而现在的超市、大卖场却不是这样，你明明只想买一瓶矿泉水，但你不在里面兜完一圈就根本找不到出去的结账口——这就是创费，让你走一路买一路，总觉得这个也需要，那个也需要。所以你的消费行为根本不是根据你自己需要不需要来决定买不买，而是商家在引诱你去买。这是社会发展的过程，也是社会发展的必然。

30几年前的日本人，也像现在的中国人一样，不知道自己要什么，一直买买买。但随着经济时代的变迁，现在日本人的三观及消费观都有所变化，对所有物品的认知，包括他们的生活方式，都通过人在经济消费上的成长达到了一定境界。

日本著名学者三浦展在他的著作《第四消费时代》中，将日本社会自1912年起，分为四个阶段：第一消费时代是少数中产阶级享受的消费；第二消费时代，乘着经济高速发展的春风，以家庭为中心的消费势如破竹；第三消费时代，消费的个人化趋势风生水起，然而，在第三消费时代中，尤其“3·11大地震”以来，让日本民众幡然醒悟——已经被摧毁的物质，即便恢复原貌又有什么意义？物质已经不足以让人感到幸福；于是，在灾难中成长的日本，又一次领先跨入了第四消费时代，即重视“共享”的社会，也就是追求极简的时代。日本人已经从崇尚时尚、奢侈品，经历注重质量和舒适度，进而过渡到回归内心的满足感、平和的心态、地方的传统特色、人与人之间的纽带、简约环保上来。

了解了这样的社会背景，我们就不难理解为什么日本人的生活很有秩序，人们喜欢极简的生活，不是因为有了日式整理术后才这样做的，而是因为先有了这样的社会背景和生活方式，才有了日式整理术。

可以说，中国人的明天才是日本人的今天，而目前的中国引入“断舍离”这样的理论，无疑超出了大多数人意识能力的执行范畴，就类似于用 30 年后的理论来教育 30 年前的中国。同样的道理，用大学的理论去教幼儿园的小朋友是行不通的。

# Part 3

## 整理可以改变一个人的生活方式

我们为什么要做整理？实际上，对空间的整理仅仅是表象，而对内心和生活方式的探索才是整理的深义所在。

我曾经遇到过一位客户，她非常爱买买买。导致她不停购物的原因，在于家里实在太乱，以至于根本不记得自己买过什么、拥有什么。我们对她家的缺陷衣橱进行了改造，对空间进行了重新规划，当所有物品都被清晰地陈列在她眼前后，她突然发现：同样款式的牛仔裤自己竟然买了四五条；三年前买的一条裙子连商标都没拆掉，一直被自己压在箱底。由于改造和重新规划后衣橱里有什么、缺什么都一目了然，所以几次整理后，她发现自己不再乱买东西了，生活也变得更为简单，她的整个人也因此发生了改变。

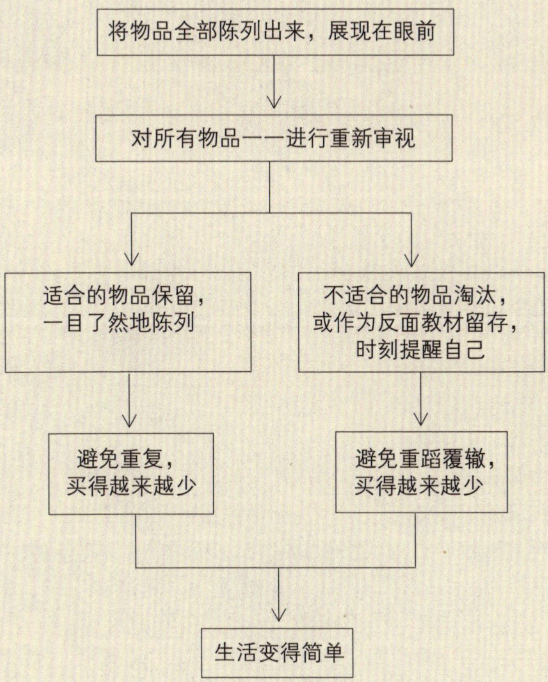

可见，将物品一目了然地陈列出来，不仅是为了视觉上舒服、使用上便利，也是为了给物品的主人一定的时间去思考。**整理不仅是对空间的改变，更可以改变一个人的生活方式。**

# Part 4

## 物质和内心都需要整理

不论是物质还是内心都需要整理，物质和内心的贯穿体现了我们的人生状态。房间的状态也是心灵的体现，混乱的房间给我们内心带来直接或潜在的焦虑和不便。有一句话：如何对待房间的东西象征着你的人际关系处理和事情处理的方式。简洁的生活态度会使你内心更加强大；杂乱的生活态度则会让你害怕面对，并因内心强迫自己面对而带来焦虑。

留存道集心灵哲学与整理魔法于一身，它既是对生活的整理，同时也是对心灵的整理。

实践留存道，通过对物品的分类、整理，让所有物品一目了然地呈现在自己的面前，从而给自己一点时间去认真思考：这件物品于我到底意义何在，如果于我有用，那么要怎样物尽其用；如果于我无用，那么当如何处理，如何告诫自己今后不再增添类似的物品。

这就是我一再强调的，取舍的决断力培养需要一个过程，**一个人的生活方式并非是一味地扔扔扔来减少物品就可以改善的，我们改变得了表象，却改变不了根本。给自己留一些思考的时间和空间，否则你丢得了物品，却丢不掉心中那团欲望之火。**不管你的年龄、性别、身份、职业为何，给自己留一些思考的时间和空间，你心里对于物品的去留自然就会有一个决断。

前段时间微博上有一个小姑娘给我留言，对我说：“卞老师，我听了你的演讲视频之后做了一件非常大胆的事情——我把我很稳定的工作给辞掉了。面对鸡肋的工作，我觉得自己在浪费生命，心中一直有种不甘心的声音，所以我选择追随自己的内心，趁年轻做些自己想做的事情。”还有另外一个人对我说：“卞老师，我跟我男朋友彻底分手了，以前每次分手都特别伤心、想念，而每次和好又各种伤害、互虐。这段时间我重新回忆了一遍我们的曾经，我已经不是当年的我，我们都已经成长为不同的样子，我们放不下彼此的原因，仅是我们心中还舍不得当年的那份情谊。当我重新审视这段感情后我发现，爱已不是现在，是曾经。”

有些东西我们曾经觉得很痛，但是又舍不得放弃，在这样的时候便没法深度思考这个问题。我们要给自己留一些思考的时间和空间，不去盲目地做决定，因为从“1”到“3”有一个“2”的过程，只要想明白，给自己一个放弃的理由，自然而然就会有决断了。

可见，留存道对心灵的整理并非是做快速的心灵疏导，而是可以帮助你发现问题的根本，帮你解决物品过多而导致的找不到、放不下的问题。所以，**留存道是在不改变你的生活习惯的前提下，使你的生活变得更顺畅、**

更省心、更舒心，从而潜移默化地让你对物品、对生活进行感知，最终达到真正地梳理自己的内心，做到真正的修行。

# Part 5

## 极简生活：极其简单的生活≠没有物品的生活

时下非常流行的一个词叫“极简生活”，前段时间《人民日报》也发文倡导极简生活。然而，什么才是极简生活的真正含义，这个问题却需要我们认真思考。从字面上理解，极简生活就是极其简单的生活，因而很多人认为，极其简单的生活就意味着物品越少越好，最好像日剧《我的家里空无一物》那样，扔到家里空无一物的地步，才叫极简生活。

## 极简≠极少，而是让生活变简单

好多网友对我说，老师，如果我把家里的东西都扔掉，过上极简生活，就不需要再整理了，这样不是一个好办法吗？我说，你太聪明了，的确是个好办法，只要你觉得自己OK的话就完全没有问题。但是，怕就怕你做不到，或者做到了却坚持不长久。为什么？因为我很难想象在科技如此发达的现代社会，你把家里扔得空无一物后，会给生活造成多大的不便！

我有几位设计师朋友，他们真的过的是极简生活，家里面的物品特别少，但是他们的极简并不代表他们的生活不精致。很多人说乔布斯过着极简生活，但实际上应该说他过的是精致生活更为恰当。极其简单的生活实际上是用一种方法让我们的生活变得简单起来，而不是一味地追求物品少。乔布斯的家里有很多电器化的东西，那让他的生活变得很简单。如今智能的窗帘、智能的灯、智能的马桶……很多智能的用品我们都在享用，这让我们的生活变得简单方便。

**所以我认为，真正的极简应该是极其简单又能达成目标的方式方法。**

## 你能 hold 住的物品，就是你的极简

另一方面，极简也是一个因人而异的概念。

如果你认真读过《断舍离》，你就会知道断舍离强调“时间轴”和“关系轴”，即不断地问自己：这件东西对于当下的我来说，是否是必要的。

对于每个人来说，必要物品的数量和种类都不一样。比如对于一个明星来说，他需要出席各种各样的盛典和场合，因此也就需要各种各样不同风格的服装和配饰，这些物品对他而言全部都是必要的；再比如对于一个热爱烘焙的小女人而言，她就是喜欢收集各种各样的烘焙工具、杯盘碗碟，每天为心爱的人鼓捣出各式各样美味

有爱的小点心，温柔了时光，美丽了心情。对她而言，再多的烘焙工具也都是必要的。

可见，极简并没有数量上的限制，只要你能 hold 住的物品，就是你的极简。怕的是物品又多又 hold 不住，身心总是被物质所累——衣橱很满但却总是找不到想穿的衣服；物品被丢在角落里，早已遗忘了它的存在，却要为它支付昂贵的空间成本；每次做整理都要大动干戈，但没过多久又回到了整理前的崩溃状态……

我很喜欢好友张路亚的说法：我的物品并不少，我喜欢我的每一件物品，我把它安置在合理的位置，闭着眼睛就可以知道它在哪里。我出席各种场合有各种衣服，物质与精神，富足且自在。

愿我们都能练就一个强大的自我轴心，hold 住自己所拥有的所有物品，在富足的环境里自在地生活！

# Part 6

## 整理应是生活的乐趣，不是生活的负担

我们每个人都在做着整理，但整理的目的到底是什么？整理应该是为自己的生活增添乐趣，而不是给自己的生活制造麻烦。

整理怎么会是制造麻烦呢？拿最平常的叠衣服来举例。多数人都会叠衣服，有的人甚至能够把衣服叠成一本书那样方正、整齐，但是你有没有这样的体验：每次用衣架晒完衣服，要先把衣服从衣架上取下来，然后把它们一件一件叠平整，再堆进衣橱里。而穿的时候呢？你得拿出来熨烫一下再穿。可见，叠衣服这一个动作，实际上是无形中给你自己增加了至少两道烦琐的工序，

一个叠一个烫，麻烦得很。

再回到“整理之后为什么会乱”这个问题，那也是因为叠衣服造成的。试想一下，周末你有时间有心情做整理了，于是把所有的衣服都叠得整整齐齐，摆放得妥妥当当，整理完之后你觉得好爽、好干净啊！可是好景不长，周一你又进入了朝九晚五的生活，早晨你从衣橱里拿出一件衣服，对着镜子比画一下，觉得这件不合适，再拿出一件比一比，好，可以穿了。可是你最初拿出来的那件衣服根本没有时间把它叠好再放进去，就拎着包急匆匆地赶去上班了。晚上下班回来，累了一天的你根本不想动，又要做饭又要带孩子，即使你单身，不用做饭不用带孩子，也要去约会、参加 party 吧？好不容易回到家里，只想窝在沙发里来个北京瘫，而那件衣服，你却始终没有工夫去理会。第二天继续重复前一天的遭遇，再弄乱一件，第三天再弄乱一件……更可怕的是，你每次从衣服堆的下面抽取衣服的时候，上面的衣服都会面临倒塌的危险！于是，你辛辛苦苦整理出来的成果，就这样一点一点被毁掉了。

问题不在于你养不成良好的习惯，而是因为你没有找到问题的根源。根源在哪里？在于你没有办法把所有的衣服统统挂起来。如果你晾干了衣服就直接挂进衣橱里，想穿哪件拿哪件，不想穿就再挂回去，那么你的衣橱永远都会是整齐的，同时也免除了衣服叠出褶皱需要重新熨烫的烦恼。

多了一道“叠”的工序，却增添了很多烦恼和隐患；减少一道“叠”的工序，却可以让生活更加便利。可见，整理不是给自己的生活制造麻烦，而应该成为生活的乐趣，**真正的整理应该是为了让自己以后不再整理。**

# Part 7

## 做个闲人，好好爱自己

### 人莫乐于闲，非无所事事之谓也

清代张潮在《幽梦影》中有一句话叫“人莫乐于闲，非无所事事之谓也”，因为“闲则能读书，闲则能游名胜，闲则能交益友，闲则能饮酒，闲则能著书，天下之乐孰大于是”。我给女儿取的名字就叫乐闲，是想告诉她要做一个闲人。

我所说的“闲”不是“游手好闲”的“闲”，而是希望大家能够从辛苦的家务劳作中解放出来，用这个时间去做更多有意义的、能令自己身心愉悦的事情，比如读书、画画、旅游、运动等等。世上有那么多好玩的事情，为什么要让自己的业余时间总是陷入无止无休的整理之中呢？

很多整理工作其实都是可以避免的。**因为空间的缺陷而造成堆积，又为了迎合缺陷的空间而丢弃，所以你才经常需要重新整理**。凡事找到方法，便能事半功倍。就像你不停地叠衣服，不停地收拾整理衣橱，但衣橱还是没几天就变得凌乱，需要你重新整理。你不觉得自己的时间全都荒废在这无尽的整理中了吗？

所以，整理的最高境界应该是让自己以后不再需要整理，让自己闲下来。闲下来以后做什么呢？——好好爱自己！

## 爱自己

我有一个很好的朋友，十年前她跟老公两个人白手起家，一直发展到拥有了几千万资产的时候，她老公却抛弃了她。她非常气愤地哭着来找我诉苦，我却并没有跟她一起臭骂那个负心的男人，因为我很清楚他们之间的问题所在。

他们两个人曾经十分恩爱，创业的时候再苦再难，两个人都相扶相携一起走过。可是，当他们的事业发展到一定规模后，各种社交活动在所难免。老公对她说："我带你去出席一些场合的社交活动吧！"她却总是拒绝，因为第一她觉得赚钱不容易，如果去出席那些活动，就要为自己置办很多昂贵的衣服；第二，自己要在家里收拾房间、带孩子；第三，她总觉得自己不适合那样的场合，去了会给老公丢人。几次三番之后，老公只得带别的女人去出席各种场合。她老公内心其实也很苦闷，某次我在跟他聊天的时候，他对我说："其实我也很想带着自己的老婆去出席各种场合，可是……"

我们汉语里不乏形容恩爱和睦的感情的词汇，比如相敬如宾、相濡以沫、相扶到老……每个词汇里都有一个"相"字，可见一份和谐的感情从来都是两个人的事情，是相互的，一个人进步总要拉着另外一个人进步。而我这个朋友的老公不是不想拉着她，可是她却认为自己应该把一切都奉献给家庭，甘愿做一个退居幕后的家庭主妇，她觉得自己做这样的牺牲是为了家好，为了老公好，可事实上，老公并不需要她做这样的牺牲。

她忘记了当年的你侬我侬，以为为了婚姻牺牲自己，就是爱；以为柴米油盐就是夫妻未来应有的生活。其实生活可以更美好，他爱的应该是本来的她，绝非是为他牺牲后的她。

爱一个人，就要用对方喜欢的方式去爱，好好爱自己其实也是对对方的一种尊重。

## 用对方喜欢的方式去爱

以前在做形象设计的时候，总有家长带着孩子来找我，称自己孩子的形象和审美不好，想送来学习。我向来不留面子地说："看看你的形象，并不是一个好榜样。"

认识我的人都知道，由于工作原因，我无法把女儿带在身边，一些好心的朋友经常会提醒我，不把孩子带在身边会影响母女之间的感情，也会对孩子的成长不利。

但我每次回老家送女儿上学，女儿都非常高兴地拉着我到处"炫耀"："这是我妈妈，我妈妈漂亮吗？妈妈是我的偶像，长大我也要像妈妈一样，会弹琴，会跳舞，会画画，还会帮别的小朋友的家变漂亮……"

她每年都特别期待着暑假来我身边的日子，她说：“跟妈妈在一起可以吃好多没吃过的好吃的，玩儿好多没玩儿过的好玩儿的，跟妈妈在一起就是不一样。妈妈，我一定努力读书，长大以后我要去北京上学，以后就可以天天陪着你了，你就可以带我到处去玩儿了。”孩子的想法多么单纯，看似简单的为了吃和玩儿，在我看来，却是妈妈可以陪她一同感受她眼中那些未知的、不一样的世界。

我是一个没有在父母身边长大的孩子，我的童年虽有遗憾，但这也成就了我独立自主的性格，未尝不是一件好事儿。行大于言，能成为女儿心里的偶像，并通过自己的言行去正确引导她的三观、她的审美及生活方式，让她去追求一切美好的事物，我认为这才是最好的教育，这也是我爱她的方式。

爱一个人首先要成就自己，因为你感染并影响着周围的人、事、物！

# Part 8

## 留存道诞生于衣橱整理实战

### 腾出空间去放对的东西

我在国内开创衣橱整理这个行业之前，一度做的是形象设计，当时我开了一家自己的形象设计公司。

在形象设计里面有一个环节，客户要到形象设计中心做一个色彩测试，然后告诉她什么样的颜色适合她，是冷色还是暖色，她的身材适合什么样的款式等等，然后再带客户去商场买“对”的衣服。可是，我发现这样的服务并不能从根本上解决客户的困扰，因为只有在设计师的指导下买回来的衣服穿在身上才有“专业”的效果，而客户回到家后，面对自家衣橱里五花八门的衣服，仍然不知道该怎样穿。

后来我尝试换了一种方法，变让客户到公司里来为我们的工作人员到客户的家里去，在客户的家里为其现场做测试，然后直接告诉她你家里面的衣服哪些是对的，哪些是不对的，不对的衣服直接拿出来。如果客户舍不得扔，我们会告诉她怎样通过配饰、改造，让这些衣服适合她。包括化妆品，适合她的粉底的颜色、眼影的颜色等，都会帮她挑出来。还有包包、鞋子，将不适合她的统统拿出来。这样，客户的衣橱变空了，以后再买来放进去的东西就都是对的了。

而我也在对客户进行入户指导的过程中受到了启示，开始思考衣橱与人们生活之间的关系，“留存道”的理念就从那个时候开始有了小小的萌芽。

## 拥有300平米衣帽间、3万件衣服的人需要什么？

我在自己开形象设计公司的时候，开始接触到衣橱整理。在当时，衣橱整理还不算一个专门的行业，只是负责帮人搭配衣着，是包含在形象设计里的一项服务。当时普遍的做法，就是把客户的衣服拍成照片，然后整理成方案，让客户依照方案穿衣服。现在来看，这样的服务顶多可以称为衣橱搭配，还不是真正意义上的衣橱整理。

一个偶然的机会，让我改变了对衣橱整理的认识。

一天，我从朋友那里得知，有一个衣橱整理的项目正在招标。当时我感觉很惊讶：衣橱整理项目还需要招标吗？怀着强烈的好奇心，我参与了竞标。

后来我才得知，这是一个拥有300平米衣帽间、3万多件衣服的客户。而当时参与竞标的设计机构阵容也非常强大，国内知名的几家设计机构都参与了，而当时我的形象设计公司仅仅开了两个月而已。

面对那么多资历比我老、品牌比我响的竞争对手，我反而释然了——一种近乎放弃的释然，我觉得自己根本没戏，所以也就没有必要紧张。我看着前辈们一个接一个登台阐述自己的方案，他们讲得都很好，把我PPT上面准备的内容基本都已经说完了，那么我还有什么可说的呢？于是，轮到我上台的时候，我只好坦白地说："各位前辈，今天我肯定是没有机会了，但是作为A型处女座的人，我觉得如果这是我的家，它应该是井井有条的，这个家里最大的问题不是如何搭配，而是东西杂乱无法找到，东西都找不到，还谈何搭配呢？……"然后一、二、三地把我自己的想法分条列点地说了出来，最后深鞠一躬，如释重负地走下了台。

回来以后我觉得这件事情已经与我无关了，没想到第二天招标的甲方给我打电话，告诉我："卞老师，恭喜你中标了！"

这就是我淘到的第一桶金——十万块。这十万块挣得并不轻松，她家衣帽间的脏乱差程度超乎想象，所有衣物毫无头绪地杂乱存放着，虽然衣服数量很多，但想要找到对的那件衣服却根本不可能；更糟的是，由于家里的管家阿姨对一些衣服的质料和品牌都不是很清楚，所以造成了很大的损失；因为收纳不合理，导致很多名牌包和衣服都没法正常穿着使用……为此我和我的七人团队奋战了整整 22 天的时间，帮她把所有衣物都按照类别整理得一目了然，无论她想要穿哪一件，都能迅速在衣橱的相应位置找到它。

而我从这段经历中收获的真正财富，并不仅仅是那十万块钱，更是从中受到的启发：我发现，很多高端客户的衣服多到穿不完，他们的真正需求并不是你把衣服给他们搭配好，事实上他们都有自己的穿衣方法，他们真正缺的是一个整洁的衣橱，是能让自己所有衣物一目了然、想要的时候就能够迅速找到的收纳方法。

这段经历，成为我专职从事衣橱整理行业的起点，让我从此走上了一条整理的“不归路”。

## 从“家政服务员”到“衣橱管理师”

然而，第一单生意的热情过去以后，我又经历了一段时间的瓶颈期，除了客户的口碑相传，我再也不知道去哪里找客户了，我想了各种各样的方法试图找到客户，然而未果！

提起这段时期，就不得不提起我组织12个美女员工发传单的故事。当时我的公司里一共有12个女生，我突发奇想，让大家穿着得体、打扮漂亮、穿着高跟鞋在闹市区发传单，不难想象那是怎样壮观的一个场面。然而未果！发出去的传单被散落一地，不得不踏着高跟鞋再一张一张地捡回来。

我们不但到闹市区发，还去高档小区的地下车库发。

当年创业的时候买了一辆代步小车，很多高档社区都不让进，为了能进去找客户，我顶着卖肾的压力换了一辆好车，然而未果！地下停车场里，发好 B1 层就去 B2 层发，各种躲避保安的“追杀”后，回到 B1 准备撤离，发现仿佛刚才的一切都未发生过，明明夹在各辆豪车风挡玻璃前面的宣传册一本都不见了……那可是我下了血本印的高品质的宣传册，绝非宣传单啊！

就这样，我顶着房租、工资的压力，想尽各种各样的方法，艰难地匍匐前进着。

比找不到客户更让我难过的，是很多人对这个职业存在误解，以为只是叠叠衣服、收拾收拾屋子而已，并没有什么技术含量可言。我不知道用什么语言去解释清楚，因为我是披荆斩棘地在走一条无人走过的路，没有前车之鉴，没有对与错，只有往前走，坚持地走。

从业 6 年来，经常听见这样的声音：“你做的这个太小众了。”“叠衣服谁不会啊，还需要花钱整理？”“你不就是个叠衣服的吗？”“你就是个家政服务员。”……

不知道忍过多少泪水，但我坚定地告诉自己，一定要做出这个行业的核心价值，坚持自己心中的信念，想要转变别人对我、对行业的看法，那就需要付出比常人更多的努力。我把衣橱整理定义为时尚行业，在做了大量成功案例后，我们不断提升从业门槛，我们的衣橱整理师不仅仅要懂得整理收纳，还必须懂得空间规划、衣橱设计、CAD 制图、衣橱材质结构、空间改造方法、服装搭配、整理用品的选择与不同的应用、品牌知识、视觉陈列、奢侈品养护、时尚流行趋势等等。在 2014 年，我将这个职业更名为“衣橱管理师”，我必须为自己正名，我们的工作并不是简单地整理物品，更是在管理你的生活；我们还给你的并不只是一个井井有条的家，还有为你节约下来的时间与更健康的生活方式。所以，**我们规划的不是衣橱，是你的时间和生活方式；我们整理的不是物品，是你的思想与内心。**

## 延长米的收费模式

功夫不负有心人，在我们坚持不懈的努力下，服务订单剧增，并开始有各类媒体采访报道。然而，事业蒸蒸日上的同时，我又陷入了另一个思考，那就是如何复制多个我。想要复制裂变，就必须有标准的服务流程和收费模式，这正是曾经一直以技术人员自居的我想不明白的事情。

当时通用的收费模式是按小时收费，这种方式虽然提前与顾客估算好大致服务时间，但仍无法准确掌握时间，导致顾客心理预期消费数额产生变化。还有重要的一点，每次整理收尾时，会有一个关于美学陈列的调整，如果不调整物品，做到完美交付整理服务，总感觉有种白圭之玷般的缺憾。而往往到了这个步骤，就容易被顾客误解为在拖延时间，客户体验极其不好。

按户型收费、按北京环路规划收费、按估算整理物品数量收费……绞尽脑汁也想不到一个好的解决办法。突然有一天，我听朋友们聊道桥建设的收费方式，第一次接触“延米数”这三个字，即延长米（从左到右的长度）。经过反复思考、论证，及实战应用后，我将这种方法借用到之后的衣橱管理服务中。不计整理空间的高度与深度，仅按照横向延米数收费，即每延米多少钱，遇到五斗柜、电视柜、餐边柜等低于胸口高度的柜体，一米按半米计算。直到今天，这仍是一个非常行之有效、公平合理的收费标准，被很多整理行业的同仁认可并沿用下去。

# Part 9

## 幸福的家庭大致相同，不幸的家庭各有各的不幸

托尔斯泰有句名言：幸福的家庭大致相同，不幸的家庭各有各的不幸。我想借用这句名言告诉大家：整洁的家庭大致相同，而杂乱的家庭各有各的问题所在。

现在“私人定制”这个概念对于大家都不陌生，很多人买东西都喜欢买独立设计师的品牌，这样很多独立设计的东西就变成了私人定制。当然，家居行业也有私人定制。可是我们发现，市面上所谓的衣橱定制、精装修房子、高大上的室内设计理念，无非是为了一面墙、一个房间、一栋房子而定，设计师在用户入住前做的空间规划，并不能匹配用户实际物品的尺寸和数量，更加

无法满足用户未来N年的收纳需求，这种私人定制出来的产品在实际使用的过程中，就会慢慢暴露出它的缺陷和不足。

而我们整理师的服务其实也是私人定制，因为每个家庭的情况各不相同。我提出了两个整理概念——“定制”和“定置”，不仅要把位置定好，而且还要让它作为制度贯彻下去，二者缺一不可。

因此，对于我所服务的每一个客户，我都会认真去发现他们的潜在需求，而不仅仅是解决他们的表面需求。因为我很清楚，如果只是解决了客户的表面需求，那么不久以后他们就会出现“复乱”的现象（就像减肥方法如果治标不治本，没过多久体重又会反弹回来一样），只有解决了客户的潜在需求，我所做的私人定制才能够像制度一样，被客户一直保持下去。

# Part 10

## 与其培养母鸡上树，不如直接找个猴子

有次我接了一单 32 延米的整理，按照我们的高级整理师 990 元 / 延米的收费标准计算，得出的数字也许会令你惊讶——3 万多块钱的整理费用，我可以买好几个衣橱，想怎么放怎么放，为什么要请整理师来整理？可是你却不知道女主人背后的故事……

她是个很有品味的女人，家里的每个角落都能看到她独具审美的情调，没有一定底蕴的人，一定没有办法把那么多有设计感的物品陈列得像个艺术殿堂。与她沟通以后，我了解到她以前做家私，因此对家庭陈列要求特别高，可最令她头疼的问题居然也是陈列，是衣服、

鞋子、包包和饰品的陈列，正所谓术业有专攻，此陈列非彼陈列。

她专门请了2个阿姨、1个私人助理，用3年的时间培养她们的审美，教她们认识各种服装品牌，教她们如何陈列衣物和饰品。然而，与其培养母鸡上树，不如直接找个猴子，话糙理不糙。对于一个不愿意整理的人来说，这是个痛苦的过程，即便你愿意整理，你的时间成本也远高于请衣橱整理师的价值。

她给我讲了一个故事，她多年以来都穿郭培的高定服装，参加国际各项重大活动都带着郭培的作品，因为郭培的量身定制让她永远美丽到闪光。她曾经有一件很喜欢的衣服，被一个朋友看上了，当时她觉得同款衣服自己有好几件，既然朋友喜欢，就送给她好了，于是送给了那个朋友。现在她一直很后悔，因为每每看到自己和先生以前的照片，她都非常有冲动想把它要回来，当然，她并没有那么做，每个人都要为自己的曾经买单。

的确如此，郭培的作品无论从设计到面料，从工艺到品味都是独一无二的，而且每件作品都是有情怀有故事的，包括女主人每次想起跟先生的种种回忆和照片，都有这件衣服的身影。所以，她现在除了消耗类的衣服以外，其他衣物都不舍得丢弃，因为**它们是可以传承的非物质文化遗产，就像奢侈品一样，贵在品质和品质背后的故事……**

这次服务带给她的并不仅仅是物品的整理方式，更让她懂得了认知不同所带来的差异、所耗费的时间与精力远大于自己的设想，她说："懂，很重要！"

# Part 11

## 己所不欲，勿施于人

关于留存之“道”，还应该有一个认识层面，就是让每件物品都物尽其用。我总在强调，世界上本来没有无用之物，只是放错了位置。所以，如果你确定某件物品不适合自己，被归在了“抛弃”的范畴，那么也请尽量为它寻找一个妥善的去处。这是对物品的尊重，也是一种生活理念，一种时尚之“道”。

如何为物品寻找一个妥善的去处？转送他人是一个不错的办法。但是我想提醒大家的是，转赠也是个技术活儿，一旦把握不好的话，很可能会给对方造成负担，好心办坏事。

我的一个朋友拥有很多奢侈品包包，包包太多难免会有一两个背厌的，我建议她可以把背厌的包包送到我这里来寄卖，因为我们公司开展了闲置奢侈品寄卖的业务。我们在做衣橱管理服务过程中经常会遇到顾客有无法处理的闲置物品，这其中也不乏尚有价值的奢侈品，受此启发，我们开设了闲置奢侈品寄卖业务，它既能解决像我朋友这类人遇到的这种问题，同时也能满足很多追求奢侈品牌但经济实力又无法达到的人群的需求。我们从客户家中收集来各种闲置奢侈品，对其进行专业的清洁保养，然后做集中展示，需要的人可以到我们的线上店铺及线下体验店来选购。由于这些闲置奢侈品中不乏限量时尚单品及古董时尚单品，所以我们也会在北京、上海等城市不定期举行拍卖会，对于性价比极高的物品，还会举行特卖会。我们的理念是，让每件物品找到爱它的主人，物尽其用，减少资源的浪费。

我的朋友听了我的建议后，并不以为然，她说：“我又不缺这点钱，自己用过的东西拿出来卖，太有失身份了。”于是这件事情我就此不再跟她提。

过了一段时间，有天她气呼呼地跑来向我抱怨：“我那个 LV 的包包不是背厌了吗？我觉得这么好的包包丢掉确实可惜，想来想去，就把它送给了我的一个朋友。可是，你知道我今天看到了什么吗？我居然看到她家的阿姨背着我的 LV 包去菜市场买菜！”

我对她说：“这也怨不得人家。你那位朋友经济条件各方面跟你都是一个档次的，你背厌的包包送给人家，人家当然看不上，又不好意思驳你的面子，只好暂且收下，送给阿姨了呗。有句话叫‘己所不欲，勿施于人’，这个道理你难道不懂吗？”

朋友听了我的话，终于想通了，后来她把自己的闲置品全都交给我来处理。

我讲这个故事，并不是说阿姨就没有权利背 LV，关键是她对这个包包的价值完全没有认知，因此也不会特别爱惜。**给每件物品找到真正懂它、爱它的主人，这才是它的最好归宿，也是我们对物品应有的尊重。**

# Part 12

## 我们叫不醒装睡的人

如何把那么多东西留下来，放到哪里？我的留存之“道”，就是对空间的规划与缺陷格局的改造。

我们每个人高矮胖瘦不一样，衣服的长短和款式也不一样，可放眼望去，我们的衣橱内部格局却都一个样。有的衣柜衣服挂好后下面还空着一大截；看着高大上的裤挂抽屉，实际挂不了几条裤子；明明设计了多宝格放饰品和腰带，可是要么放不满，要么不够放；更过分的是市面上很多精装修的房子，储物空间都少得要命。我们很想问一问房子的设计者：你们只讲究设计，不考虑客户未来的使用吗？求遇到这些问题的你的心理阴影面积……

到目前为止，很多人遇到衣服太多放不下的问题时，要么选择再定做一个存在着各种 bug 的衣柜，要么就是扔扔扔，可扔完之后还是觉得衣柜里缺一件衣服，然后又买买买，周而复始地恶性循环。可是，你有认真考虑过这么做有多么不环保吗？你知道一件衣服的碳排放量有多少吗？

据有关资料显示：服装从原材料的制作到其自身的生产、运输、使用以及废弃后的处理，在其生命周期内的每一个环节都与环境、资源密切相关。英国相关环保机构将低碳服装给予量化，一件约 400 克的 100%涤纶裤子在经过辗转各国的原料采集、生产制作、销售直到消费者手中多次的洗涤、烘干、熨烫后，其全部耗电量约为 200 千瓦时，如果电能由煤提供，就会排放出约 47 千克的二氧化碳，相当于裤子本身重量的 117 倍。英国剑桥大学的鉴定是，一件 250 克的纯棉 T 恤，从原材料提供到最后的回收或焚烧，一生消耗的能量约等于 30 度电，二氧化碳排放量为 7 公斤。

如果看到这些触目惊心的数字你仍然无动于衷，那我也没有办法，我们叫不醒装睡的人，如果我们自己不愿意认知和成长，那么谁也赶不走我们心中的霾。

# 空间提升50%：

越用越大的空间整理魔法

不合适的收纳用品本身也需要收纳，用不上也是垃圾，如果你家储物空间的根本问题没有解决，一味地增加收纳工具，只是在制造一种伪需求！

# Part 1

## 缺陷衣柜的改造：错误的衣柜永远无法获得正确的收纳

### 不要纵容错误的存在

你没有看错，当你迫不及待地翻到本书的实操篇，想要马上 get 到一些整理新技能的时候，我为你奉上的第一课却是要让你挥锯弄钻地做改造！（别怕，我会把锯子、钻头的使用方法给你讲得特别清楚的）

我会以衣柜改造为例，说一说空间格局改造的重要性，这种思维方式其实是可以触类旁通到生活的各个领域的。

或许你会想，只是整理衣柜而已，需要如此大动干戈吗?

我的回答是：当然。

因为，用一个错误的衣柜做整理，得到的答案也只能是错误的。

当下各种品牌的衣柜内部格局都是一个样子，根本没有考虑使用者的个性需求：有的家庭衣柜的长衣区挂的多数都是短衣服，下面的空间大大浪费；有的家庭的衣柜挂衣区少得可怜，衣服只能叠来叠去；有些看上去高大上的五金配件，比如内嵌式镜子、熨烫板等，对于有些家庭来说，完全可以安置在其他位置，没有必要挤占宝贵的衣柜空间……

面对以上种种 bug，如果你还不能下定决心彻底改造的话，那就是在纵容错误的存在！纵容错误存在的后果是什么？就是你不断向我诉苦："卞老师，我家衣柜无论如何也装不下啊！我家的衣柜整理完很快还是会乱啊！请您给我推荐几种好用的收纳工具好不好？"

没错，我的确可以建议你增加一些收纳工具——五斗柜、百纳箱……但是要知道，不合适的收纳用品本身也需要收纳，用不上也是垃圾，如果你家衣柜的根本问题没有解决的话，一味地增加收纳工具，无疑会令你家里的物品变得更多，而且每次整理之后过不了多久还是会乱，这实际上是在制造一种伪需求！

## 空间提升 50% 是怎样做到的

所以，我主张衣柜的病要从根儿上治，首先给你家的衣柜做一个全面检查，诊断它是否存在缺陷，然后对存在缺陷的衣柜进行改造。

通过对空间的规划，对缺陷衣橱进行合理的改造，可以让衣橱的储物空间提升 30%；然后再通过整理术的小技巧，让衣橱再富余出 20% 的空间，作为未来 3–5 年的预留储物空间。

是的，这就是我所承诺的空间提升 50% 的奥秘。

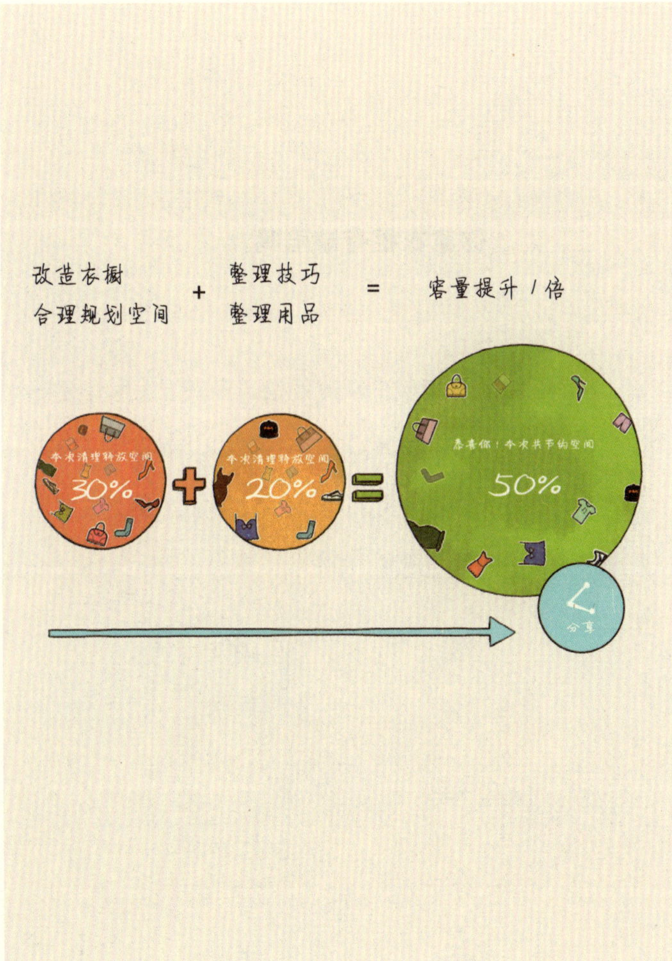
改造衣橱
合理规划空间
+
整理技巧
整理用品
=
容量提升1倍
本次清理释放空间
30%
本次清理释放空间
20%
恭喜你！本次共节约空间
50%
分享

## 你家衣柜有缺陷吗？

以我阅“橱”无数的江湖经验，先来给大家介绍一下目前市面上常见的衣橱/衣柜种类，大致分为三种：步入式、整体式、分体式，但无论是怎样的衣橱/衣柜，柜体大多都分为以下七种结构：

柜体一

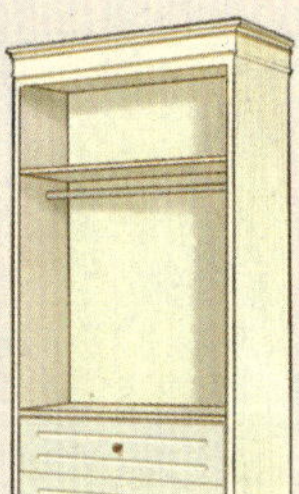

柜体二

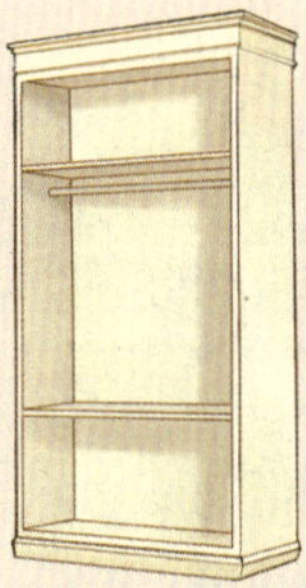

柜体三

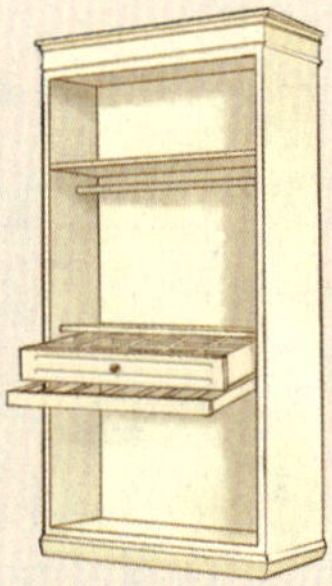

柜体四

柜体五

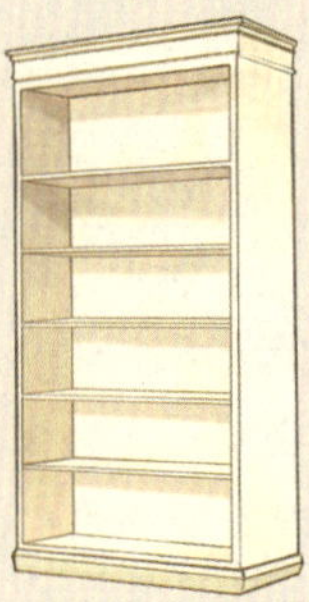

柜体六

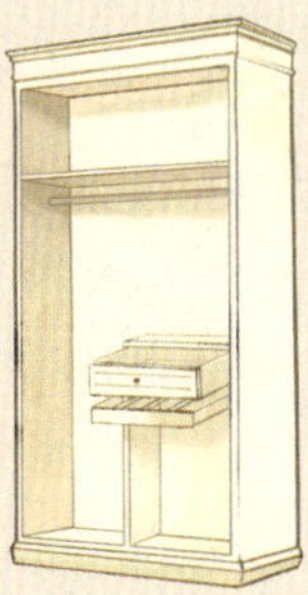

柜体七

下面我就对这六种柜体逐一做一下诊断：

**两种较为理想的柜体**

柜体一

柜体一：较为合理的柜体，只要符合衣长的尺寸，这种柜体不需要改造。短衣区可以挂所有的半身衣物，不论短裤、上衣。上边的收纳区放换季被褥、衣物、杂物。

柜体二

柜体二：长衣区。虽然抽屉较大，取用不方便，但是不到万不得已不需要改造。也是较为理想的柜体。

需要改造的柜体

## 柜体三

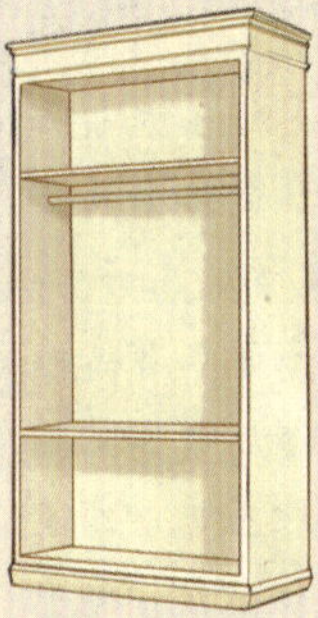

*before*

*after*

柜体三：作为放连衣裙或大衣的柜体是合理的，如果长衣物很少的话，建议将下面的层板拆掉，改成柜体一。

柜体四

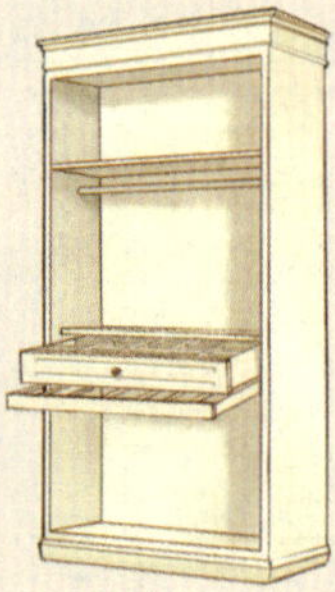

before

柜体四：为多宝格和裤架的组合柜体。使用过的人都知道，大多数的多宝格和裤架的作用率低，能放的东西少，所占的空间却不小，非常鸡肋。如果想要增加挂衣区的空间，碰到这种柜体，我建议拆除多宝格和裤架，把它变成柜体一。

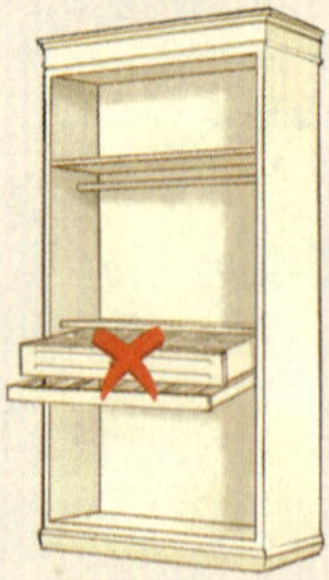

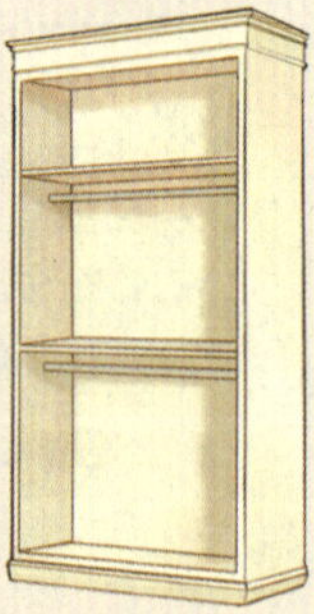

after

## 柜体五

before

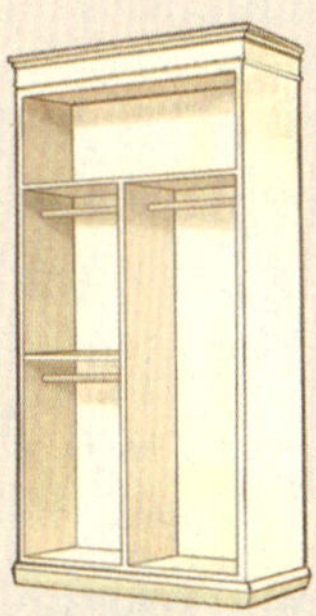

after

柜体五：叠放区。叠放是我在衣橱领域不太提倡的储物方式，由于我在理论篇中已经强调过叠放的烦琐和不便之处，在此不再赘述，重点说说怎样改善。

拆除第1和第3个层板，并在这两个区域分别加衣杆，把它变成挂衣区。竖板在柜体设计和安装时起到承重作用，不可拆，但它基本不影响实际的挂衣量。

柜体六

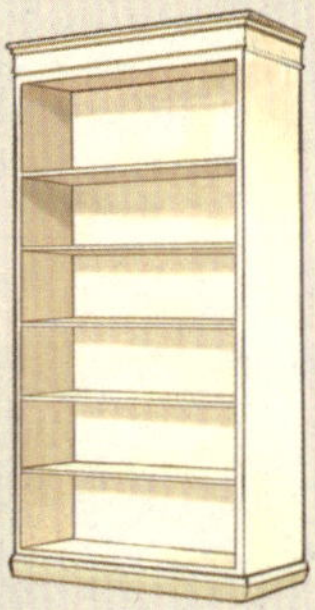

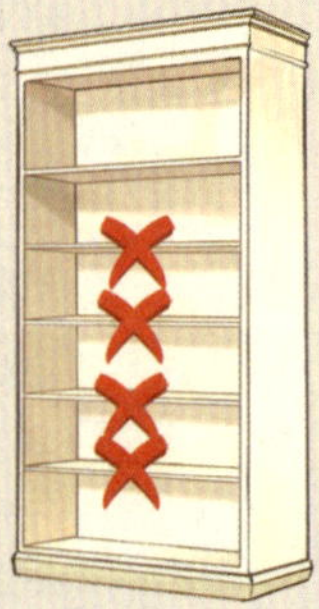

*before*

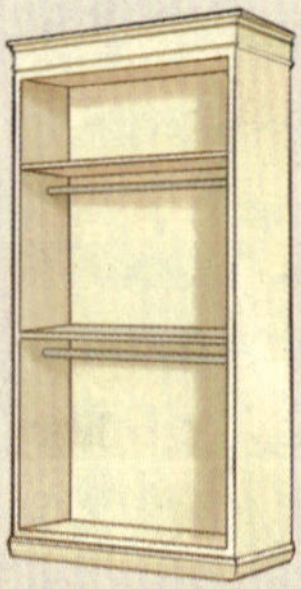

*after*

柜体六：叠放区。这也是常见的一种叠放柜体，这种柜体改造的方式同柜体五基本一致。拆除第2—5个层板，并在中间位置加一个层板，在上下两个区域分别加一个衣杆，把它变成一号柜体。

## 柜体七

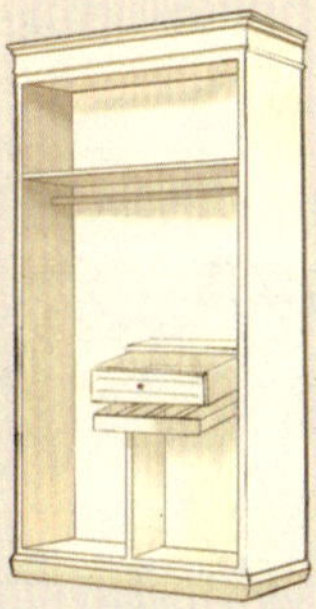

*before*

*after*

柜体七：挂衣区中设置了多宝格/小抽屉和裤架的组合柜体。首先还是拆掉多宝格/小抽屉、裤架，如果有长衣服的话，只需在右侧加个衣杆，把右侧变为短衣区；如果多数都是短衣服的话，可以在左侧也加个衣杆，把整个衣柜变成上下挂衣区。

## 理想衣柜应该具备的素质

我心目中的理想衣柜应该是什么样的？请看——以下柜体的组合基本就能满足一个家庭对衣柜的需求，算得上是比较理想的衣柜：

落实到使用上你就会知道，好用的衣柜就是这么简单，用不了那么多的五金配件。

在改造衣柜时，还要注意柜体的尺寸，根据我的经验：

一般每个柜体的宽度可以规划为 80–90 厘米之间；

短衣区（半身衣物）：高度可以规划为 93–95 厘米之间；

裤子区、半身裙区：高度也应规划为 93–95 厘米之间；

长衣区（膝盖以上）：一般规划为 115–120 厘米之间；

长衣区（衣长到脚踝）：一般规划为 150 厘米左右；

收纳区的高度一般为 40 厘米。

注意：

1. 最上层收纳区的层板建议不要拆，因为起到承重作用。

2. 柜体是否可以改造，根据以上尺寸视实际情况来决定。

3. 常规衣柜会把裤子区、半身裙区域控制在 75–85 厘米左右，这样只能挂裤子和半身裙，但如果想挂上衣的时候，就会出现空间过小导致衣物下摆卷曲的现象。

为什么一定要改造缺陷衣柜？我们用数据说话：

*before*

改造前的衣柜在空间上存在着很大浪费，只有 3 处悬挂区，按照每处悬挂区挂 50 件衣服来计算，总共可以悬挂 150 件衣服。假设有 300 件衣服的话，剩余的 150 件衣服就只能叠放了。叠放是我非常不提倡的，因为它无形中增加了工作量，而且非常容易乱，可谓费力不讨好。

*after*

改造后的衣柜很好地利用了浪费的空间，变成 6 处悬挂区。这样，就算你有 300 件衣服，也能实现全部悬挂收纳了。

## 动手改造专属于你的理想衣柜

常见衣柜的材质

实木板：原木制成的木板材。
特点：坚固耐用，但价格高，不好打理，南方易受潮变形，北方易干燥开裂。纯实木的柜子工艺与其他柜子不同，改造起来有难度。

多层实木板：多层单板热压制成的板材。是目前手工制作家具最为常用的材料。
特点：性价比高，强度大，不易变形。和实木的材质、工艺类似，改造起来也有难度。

实木颗粒板：以木材或其他木质纤维的碎料热压合成的人造板材。
特点：最容易改造的材质。

高密度板：是以木质纤维或其他植物纤维为原料，施加适用的胶黏剂制成的人造板材。

特点：现在很多厂家都会选择高密度板加吸塑的做法来做柜门，因为它可塑性较高，可以呈现多种造型，仅做门板是不错的选择，但我们不建议把这种板材用在柜体的内部，因为这种板材膨胀系数较高，抓钉性不强，时间久了易松动，导致柜体变形。

## 可以自己动手改造的三种层板

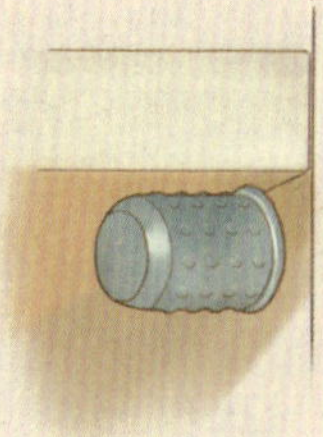

第一种：层板是放置在层板托上可自主调节的。

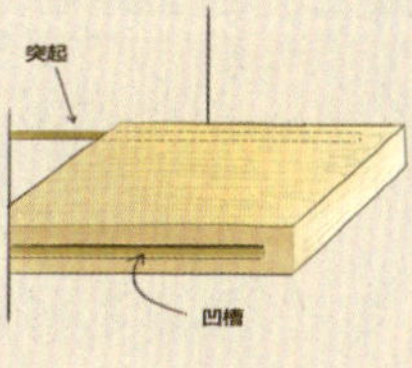


第二种：可抽拉式的层板，把带凹槽的层板插入衣橱里凸起的部分，使层板嵌入衣橱内，一般多见于实木衣柜。

A B

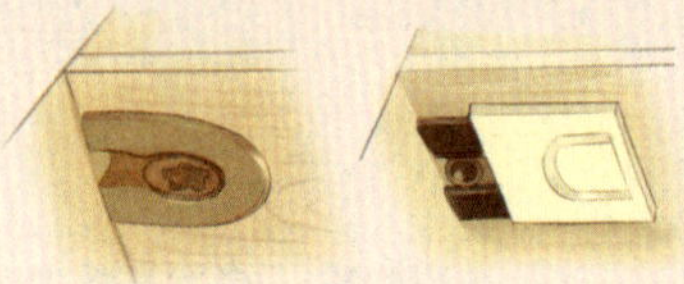

第三种：层板四角边缘处带有可拆除的钉子的。

图 A：螺丝隐藏在里面，旋转隐藏螺丝后便可抬起层板。

图 B：推开白色开关后，便可抬起层板。

## 自己搞不定的层板

层板钉子不在四角的边缘处，遇到这种情况，可以考虑用半圆木工凿将隐藏螺丝处的木头凿开，露出隐藏的暗钉后，便可将层板抬起，再将暗钉扭下即可。

如果遇到没有任何钉子的层板，应该是用胶或枪钉封死了，鉴于你没有任何经验，遇到这种情况就一定要求助专业人士啦！拆除后四周不和谐的位置需要用砂纸打磨平整，再贴上与柜体相同色系的壁纸。

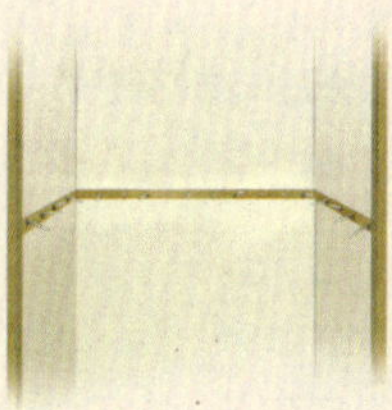

*before*

*after*

衣柜抽屉和多宝格怎样拆

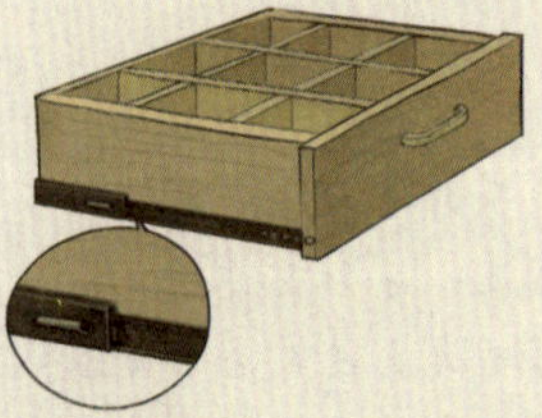

衣柜的多宝格或抽屉，基本都是这样的滑道，只要向上或向下掰黑色的"小条"就可以拆除。

衣杆的选择

衣杆要选择结实耐用并且和原衣柜的衣杆颜色一致的款式。

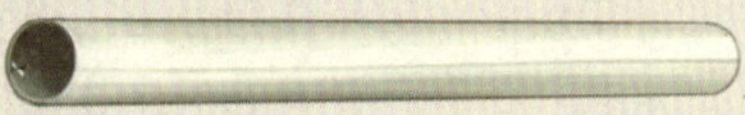

常见的这种中间没有夹层的衣杆，东西挂多或挂久之后容易变形、弯曲，建议尽量选择不锈钢材质的。

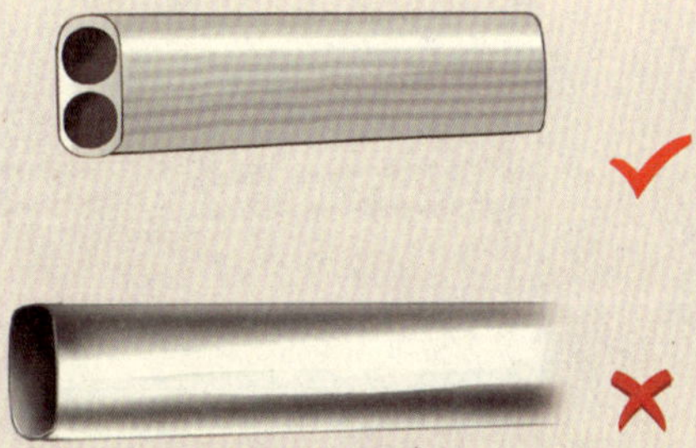

椭圆形衣杆大多是铝制的，硬度不高，所以无心的椭圆形衣杆承重力弱、易变形，建议选择内部加厚、中间有横档的衣杆，这种样式的是此款中最结实耐用的。

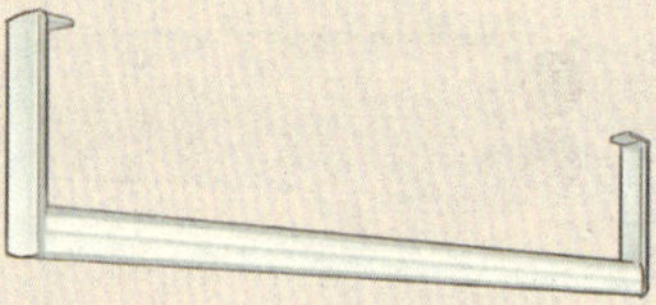

这种钉到衣橱顶上的衣杆也不建议购买，它的承重力不如左右固定的衣杆好。

扫码看视频：
怎样改造衣柜

### 衣杆的测量

**衣杆的实际购买长度＝衣柜内部净宽－两个法兰的厚度**

［法兰：轴与轴（管与管）之间相互连接的零件。］

三种常见的法兰样式

1

2

3

## 层板的选择

选择颜色和款式与原衣柜基本一致的实木颗粒板(刨花板)即可，大小尺寸都可定制。某宝搜索关键字：层板、刨花板、实木颗粒板，就能找到你想要的东西啦，也可选择在衣柜厂家定做。

拆下的层板，可以利用在衣橱其他尺寸一致的地方。

## 鞋柜的改造

鞋柜层板之间的尺寸设置为三种就可以满足绝大多数的使用需求：15 厘米、20 厘米、25 厘米。如果冬天想要放置长筒靴，只需拆除相应的层板即可。

注意：根据家庭实际情况及季节变迁来增添或拆除层板。

15 厘米：平底鞋，包括运动鞋、船鞋、凉鞋等；

20 厘米：20 厘米以内不加水台底的普通高跟鞋、不带跟的及踝靴等；

25 厘米：水台底的高跟鞋、带跟的及踝靴等。

## 改造时需要的拆装工具

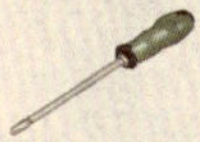
十字改锥

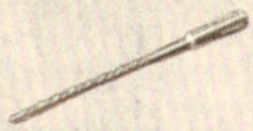
钻头（5.0mm）

卷尺

螺丝钉

半圆木工凿

电动改锥

层板托

披头（十字花）

钳子

铅笔

# Part 2

## 工欲善其事，必先利其器：整理用品的选择和妙用

在我 6 年的专业衣橱整理生涯中，用过很多整理用品，我经常大言不惭地说：整理用品厂商都是制药厂，而我才是临床医生。我发现很多整理用品在实际使用中存在着各种缺陷，我曾经跟很多厂商谈过我的想法，但他们都不愿意更改已有的生产线，无可奈何之下，我只好自己研发。

在大刀阔斧地对缺陷衣橱做完改造之后，我就来说一说我在整理用品选择方面的心得。俗话说“工欲善其事，必先利其器”，要想达到完美的收纳效果，选择中看又中用的整理用品也是一大关键。

## 衣架决定挂衣量

衣架是衣柜里的必备之物，选择衣架很有讲究，因为它能直接影响衣柜的容量，也会影响衣服的“品相”哦！

不推荐使用的衣架

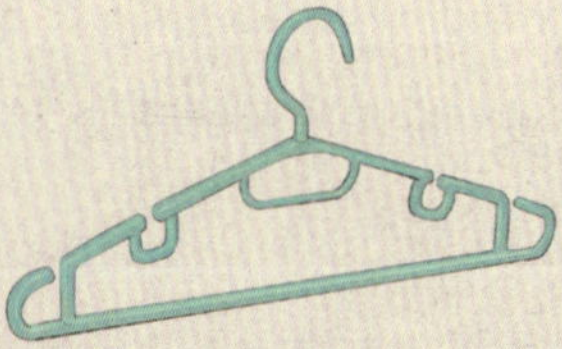

普通塑料衣架

特点：

1. 塑料制品不环保；

2. 普通塑料衣架易使衣物出包变形。

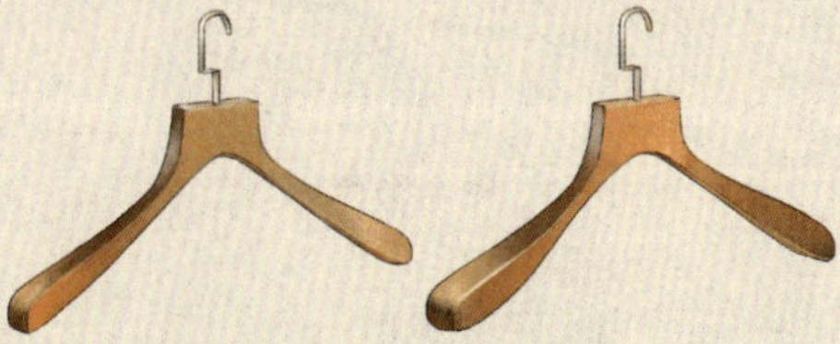

女款木制衣架　　男款木制衣架

特点：

1. 不防滑；

2. 虽有很好的质感，但占用空间较大，使空间利用率降低；

3. 体积过大，重量过重，不好收纳；

4. 保养不好容易干裂。

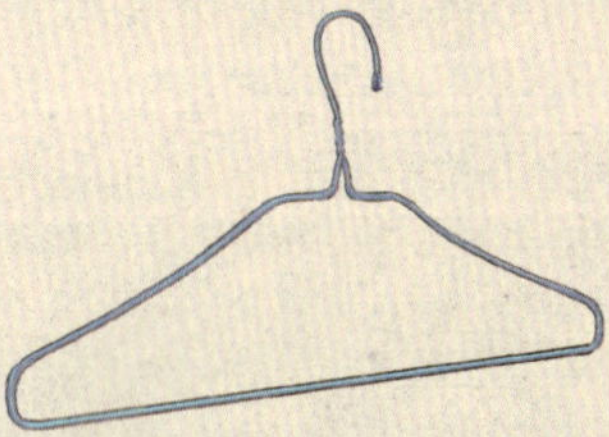

铁丝衣架

特点：

1. 价格便宜；

2. 易变形、生锈；

3. 挂衣物时肩部容易出包变形；

4. 不防滑。

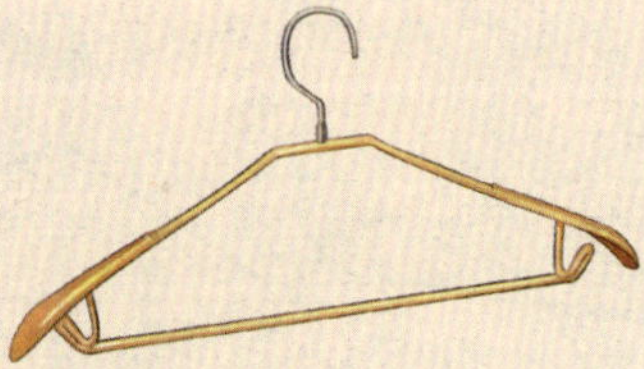

浸塑衣架（内芯钢丝，表皮塑料）

特点：

1. 浸塑易脱落，易落灰；

2. 持久耐用性低；

3. 衣物悬挂后易出包、变形；

4. 衣架横截面过宽，使衣橱空间使用率降低。

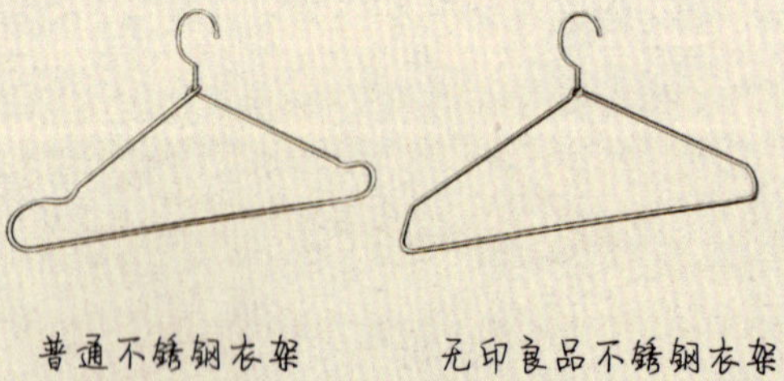


特点：

1. 衣架不防滑，衣物易脱落；

2. 悬挂衣物易使衣物出包变形；

3. 在特殊情况下会生锈。

推荐使用的衣架

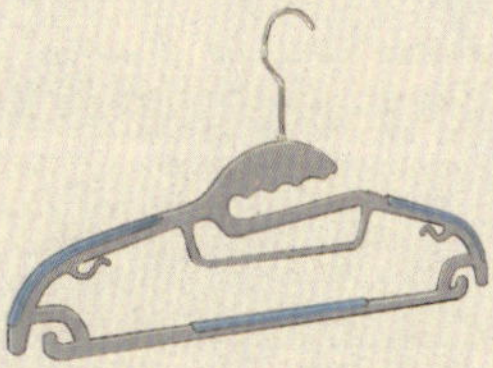

干湿两用塑料衣架

特点：

1. 比较理想的衣架；

2. 因为衣架“颈部”稳固性不高，易断裂，承重力有限；

3. 防滑条短，非全尺寸防滑。防滑条遇水防滑，干的时候防滑效果不好。

植绒衣架
（单个衣架的厚度：0.4厘米）

特点：

1. 内部采用一手原料制成，环保无污染；

2. 超薄设计，厚度仅为0.4厘米，能够最大限度地节省空间，增加衣柜容量；

3. 防滑性能好；

4. 韧性极好，可任意弯曲，不易断裂，承重力强，轻便，易于携带；

5. 挂毛衣、T恤都不会出包，挂大衣的承重也ok。

以上就是市面上常见的衣架种类。为什么我推荐用超薄植绒衣架？因为其他衣架都过厚，不防滑，会导致衣物损伤。其次，以全部挂 T 恤为例，假设衣橱内部宽为 1 米，使用普通塑料衣架，一般能挂 40—50 件衣服；而使用 0.4 厘米的植绒衣架，则可以挂 90 件左右。

扫码看视频：
如何选择衣架

## 裤架不挂裤子挂什么

顾名思义，裤架是用来挂裤子的，但我却不太主张用裤架来挂裤子，原因还是那两个字——空间。因为无论是用裤架夹裤腰还是夹裤脚，都要占用衣柜的长衣区，而如果按照我的方法搭在衣架上挂放的话，同样的空间

就可以上下挂两件衣服，容量相当于增加了一倍。裤架我建议用来挂短裤或者半身裙，当然，如果你家里衣柜的空间足够大，用裤架挂裤子也完全没有问题。

复古实木裤架

特点：

1. 深棕色的主干，直接提升了裤架的档次感；

2. 表面镀铬，不易变形，耐磨，钩子为内嵌式；

3. 可 360° 旋转，挂衣服更灵活，内置塑料垫片，不伤衣物。

## PP 盒里整齐的秘密

PP 盒也是很受主妇青睐的收纳用品，可以用来填补衣柜中的收纳空白，灵活方便。PP 盒建议主要用来收纳秋衣、秋裤、内衣、内裤、袜子等类型的衣物，可以在每个盒子的外面贴上小标签，一目了然。

PP盒

特点：

1.PP材料是聚丙烯，无毒、无臭、无味，轻便，抗划痕，不易开裂；

2. 抽拉式的收纳可以最方便快捷地拿取衣物；

3. 透明、简约、时尚的设计；

4. 分为大、中、小三种型号，适合大多数中国衣柜尺寸。

### PP盒的正确用法

如果你家衣橱的悬挂空间实在有限，迫不得已的情况下可以将T恤衫、牛仔裤等叠起来放在PP盒里收纳。关于叠衣服的方法，市面上有很多书籍、影像资料都做过详细介绍，我在这里不再赘述，主要和大家强调一些平时叠衣服过程中容易被忽视的小细节。

扫码看视频：
叠衣法

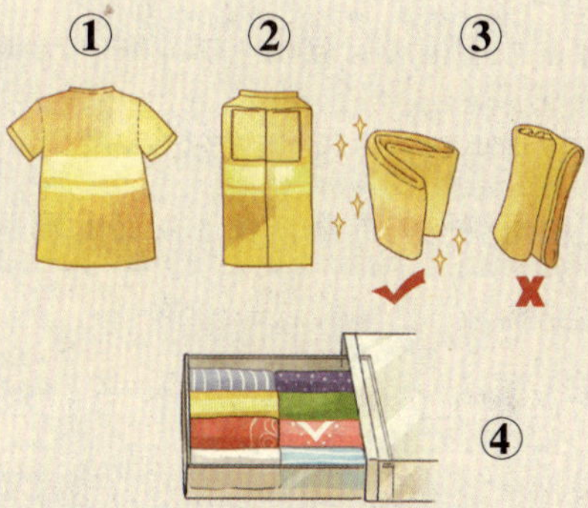


**收纳T恤衫**

图1：折叠开始时要将衣服正面向下

由于大部分衣服的花纹在正面，将衣服正面向下开始折叠可以将花纹露出来，防止衣服不好区分；其次，有些衣服的花纹是带涂层的材质，将花纹露在外边可防止相互粘连染色。

图 2：注意折叠时将领口向内收，确保领口位置与衣服下摆平行

只有保证衣服折叠过程中上下平行，才能让衣服在叠后呈现方方正正的“豆腐块”形状。

图 3：由两侧向内卷叠，保证立面上层是单层、下层是双层的结构

很多人在叠的过程中是沿同一个方向卷叠，容易导致把衣服底部多层凌乱的边裸露在外，这样叠成的衣服拿取时容易散乱。

图 4：根据 PP 盒或抽屉的高度来决定叠成多高

衣服需要经过几次折叠，折叠后形成怎样的高度，是根据PP盒或抽屉的高度来决定的。建议在放置T恤时，选择小号的 PP 盒来收纳。

扫码看视频：
叠裤法

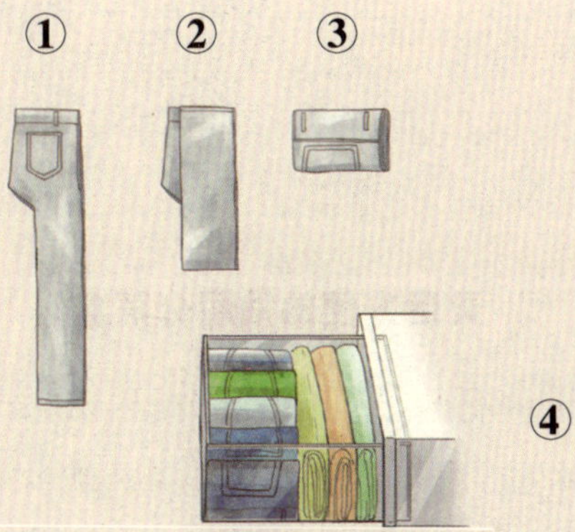


**收纳牛仔裤**

图 1：由于牛仔裤比较硬挺，不易出褶，在空间不够、实在挂不下的情况下可以考虑叠起来。

图 2：折叠过程中，裆部多出的角也需要叠进去。与上文叠 T 恤一样，裤子也需要从两侧向内卷叠。

图 3：与叠 T 恤相同，裤子卷叠的次数取决于放置裤子的 PP 盒高度。

图 4：建议在放置牛仔裤时，选择中号或大号的 PP 盒来收纳。

## 灵活方便的抽屉分隔盒

由于一直找不到分隔较大空间的收纳工具，我便研发了环保的抽屉分隔盒。抽屉分隔盒适合用来收纳贴身衣物，一个简单的收纳盒加上叠衣物的技巧，就可以使贴身衣物变得整整齐齐，而且方便拿取，是衣柜里必不可少的收纳利器。

扫码看视频：
袜子的叠法

环保纸收纳盒

特点：

1. 分为长、宽两种型号，可以根据家里贴身衣物的多少来灵活选择，也可以放小件物品，如：化妆品、数据线、筷子等小件杂物。

2. 环保纸材料制成，价格便宜，方便定期更换，干净卫生。

独家妙招：

自制环保分隔盒

**Step1:** 根据所需分隔盒的尺寸，选择合适尺寸的购物纸袋。（**Tips**: 最好选纸质较硬的，内部一定要干净哦！）

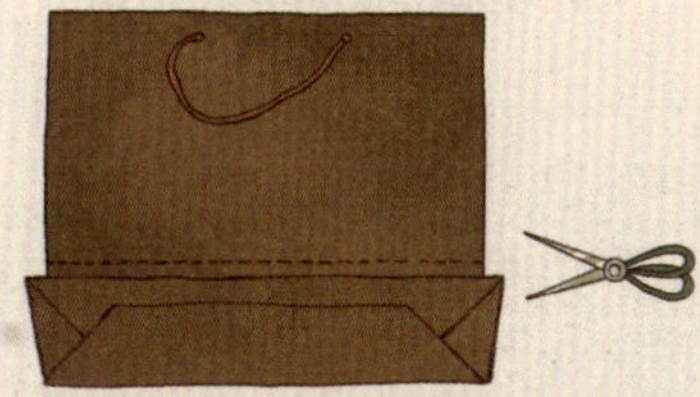

**Step2:** 将纸袋铺平放好，沿着底部折叠的位置用剪刀剪开。

**Step3:** 将剪下来的纸袋底打开，一个自制的环保分隔盒就做好了。

剩下的手提部分，还可以再自制一个与剪下部分相同大小的分隔盒哦！

环保分隔盒的正确用法

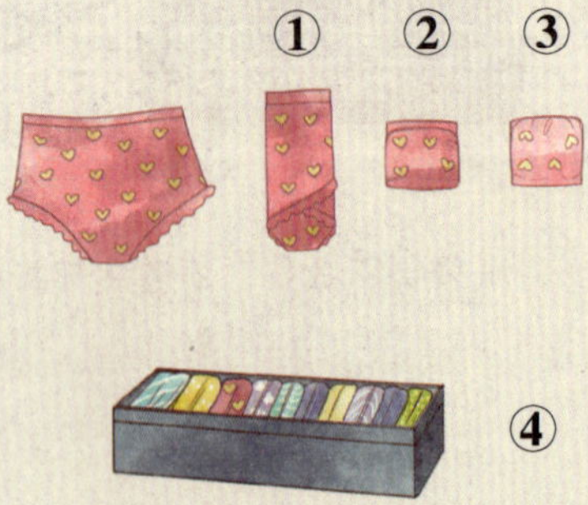


收纳内裤

图 1：两侧向内侧翻折，翻折的宽度根据分隔盒的宽度决定。

图 2：将内裤从下往上折三折。

图 3：从松紧口处将内裤翻折过来。

图 4：将内裤整齐地码放在分隔盒里。

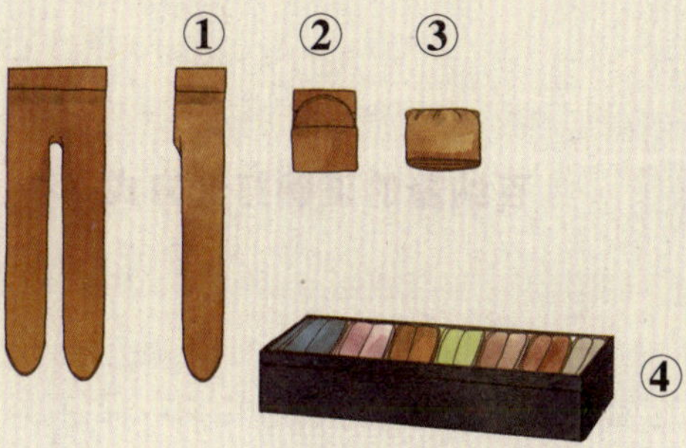


**收纳长筒袜**

图 1: 类似于裤子的叠法，从脚跟处向腰部折叠。

图 2: 根据分隔盒的宽度，将长筒袜折叠成差不多的大小。

图 3: 从松紧口处将长筒袜翻折过来。

图 4: 将长筒袜整齐地码放在分隔盒里。

## 百纳箱的正确打开方式

百纳箱是我们在收纳区常用的整理用品，用来分类存放适合叠放的物品，如床品四件套、浴巾、换季不穿或四季都不常用且不怕被压的衣物等。百纳箱可以根据家里柜子的实际情况灵活组合，非常方便。

百纳箱

特点：

1. 采用环保牛津布材质制成，超强承重；

2. 顶面、侧面两处拉链设置，从顶部存放，从侧面拿取，非常方便。侧面半透明的设计让里面存放的物品一目了然；

3. 不用的时候可以折叠起来，本身收纳也很方便；

4.66 升的百纳箱最常用。

## 让床品四件套一家团聚

买来一套美美的床品四件套，洗过一次之后，好好的四件套却“失散”了，找到了床单却找不到被罩，找到了被罩又找不到枕套，于是……

因为经常发生床品四件套一家失散的事故，所以A款床单配B款被罩配C款枕套这样的混搭风在家里大行其道。

下面我来教你一个让床品四件套不再失散的小绝招：

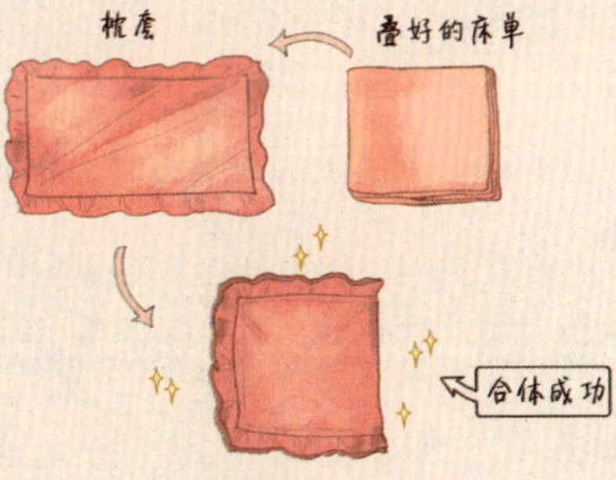


Step1: 把其中一个枕套铺平。

Step2: 把床单、被罩及另一个枕套叠成稍小于枕套的大小。

Step3: 把叠好的床单、被罩塞进枕套里，整理平整。

大功告成！在将床品放进收纳箱时，我教给大家一个取用四件套的小技巧：码放时，拉开百纳箱上方拉链，由上往下平铺放置。拿取时，拉开百纳箱侧边拉链，从侧边按需抽取。

扫码看视频：
床品的整理

## 把“家”装进行李箱，自在去旅行

如果你像我一样，出差或者旅行的时候恨不得把整个“家”装进行李箱带在身边，那么以下技巧一定会派上大用场。没错，箱子的容积是死的，但是只要巧妙利用每一寸空间，它所能收纳的物品数量一定会让你大吃一惊！

**Step1:** 填满凹槽

行李箱有拉杆的那一面底部有三个凹槽，合理利用好这三个凹槽，会大大节省空间。

建议在每一条凹槽处放置可卷起的衣物（即材质硬挺、不容易出褶的衣物，如针织衫、牛仔裤等），来将底部的凹槽填平，为下一步平铺收纳做准备。

**Step2:** 平铺衣物

从第二层起开始平铺。强调一下，出行携带的衣物最好平铺，每铺一层，手顺势摸摸哪里不平整，用软的、不怕出褶的衣物（如运动服）填平补齐。

平铺的好处在于能放得更多，而且衣物不易出褶、变形。类似于正装、面料硬挺或正式场合所穿戴的衣物，不宜多折、卷曲，所以宜选用平铺的方式。

**Step3:** “衣王”当“盖子”

留出一件最大最厚的衣服放在最上面，一是可以固定箱内衣物，保持平整，二是开箱时可以呈现整洁感。

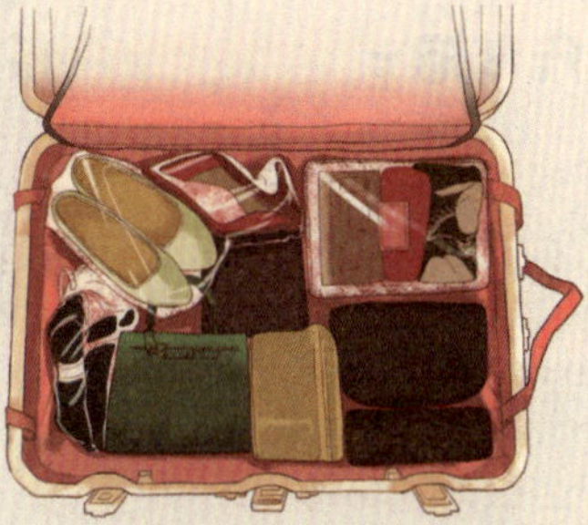

**Step4:** 鞋包杂物统一放在箱子另一侧

行李箱的另外一面，统一放置鞋、包、生活用品等需要较大空隙的物品。特别说明，鞋子需要两只分开放置，以便更好地通过箱内间隙插空放置。

**注意：箱子不要装得太满，要预留出一部分空间来放置临行前还会用到的物品（如洗漱用品）。**

**29 寸行李箱 =**

6 件外套；

4 个大小不一的包；

2 件造型感强的上衣；

3 件针织上衣；

2 件 T 恤；

2 件吊带背心；

2 条半身裙；

7 条长裤、1 条短裤；

2 双高跟鞋；

3 双平底鞋；

数不清的化妆品和耳环、项链等配饰；

10 条连衣裙；

N 个衣架；

乱七八糟的杂物

……

有很多人问过我：你每次出差带的行李多到像搬家，这样岂不是非常辛苦？

我想说，由于工作的需要，每次出行都会有不同场合的着装要求，很多服装如果准备不齐全，临场再买就会造成浪费，这也违背了“留存道”所提倡的环保理念。我每次携带的物品都是我所需要的，是我能 hold 住的物品，这在别人眼中看起来的烦琐，正是我眼中的极简。

PS：苦了我的小助理！（笑）

## 衣橱整理是一种可以无限复制的思维模式

有人也许会问："卞老师，你只会收拾衣橱吗？"其实，我的工作范围并不仅限于衣橱，卧室、客厅、厨房、卫生间、儿童房以及其他家庭储物区域，都是我们团队的工作范围，我们也整理过私人酒窖、私人收藏品、私人工作室等各种需要整理的空间。

如果没有扎扎实实的 6 年从业经验，在新的整理挑战来临时，我该怎么应对？答案很简单——把空间规划修炼为一项可复制的技能。简单说来，在面对一项整理任务时，首先，最大程度地掌握需要整理的物品数量；其次，通过专业技能对空间是否合理做出判断；再次，将物品数量与空间规划、改造进行适配，形成一套行之有效的优化整理方案；最后融会贯通地应用于任何一个需要被整理的空间当中去。只要你领悟其中的精髓，灵活变通，因地制宜，就会在生活中不断发现惊喜。因为所谓"衣橱管理"，绝不仅仅是一套整理衣橱的方法，它更是一种可以无限复制到各个地方的思维模式。

橱柜整理

*before*

*after*

市面上统一定制的厨房橱柜，像衣柜一样存在着层板高度不合理的情况。家里的餐具如果码放过高，既不好拿取，也不安全，这样就会造成空间的极大浪费。解决办法如同衣柜一样，根据家里餐具的尺寸和码放习惯，增加或减少层板，将之前空余的空间利用起来。如上图的厨房橱柜，加上了一层层板后，台面上的瓶瓶罐罐都能装进橱柜了，台面变得干净整洁，自然就不必为了迎合不合理的空间而盲目地丢弃了。

衣柜改鞋柜

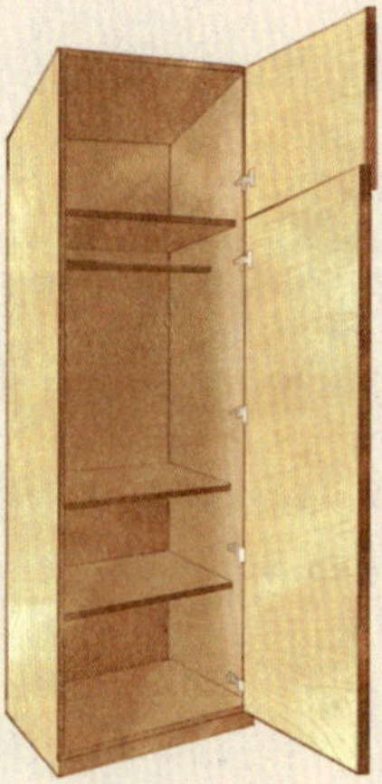

before

after

这是我一个客户家玄关处的一组闲置衣柜，这组衣柜最初的设计理念是用来放置主人出入家门随手穿脱的外衣，但是由于这组衣柜尺寸不合理，始终没能很好地利用起来。与此同时，这位客户家里有大量的鞋无处安置，因此我就产生将衣柜改造为鞋柜的想法。衣柜改鞋柜，除了需要增加层板外，还需要考虑一个进深的问题——常规的衣柜进深较宽，为60公分，而鞋柜进深较窄，为35–45公分，衣柜改造成鞋柜后，过宽的进深该怎么放鞋子呢?

我做出这样的改动绝对是有我的道理的。我是一个鞋子很多的人，我在设计自己的鞋柜时将进深设定为60公分，然后把鞋子前一只、后一只地摆放，保证从外观上能看见所有鞋子的样式。这样摆放，一来可以避免通常一双鞋并排摆放所造成的空间浪费，二来所有鞋子的样式都一目了然，再也不会乱得找不到鞋子了。

我是不是很聪明呢?其实只要在生活中处处留意这些实用的小细节，开动脑筋，灵活变通，你也能在生活中创造惊喜!

## 告别东翻西找：“衣物快速人脑检索”终极秘籍

实操篇马上就要讲完了，不知道在看这本书的你是否满意。我常常用这样一句话来形容我们的整理师团队为顾客服务后最终达到的结果：躺在床上，闭上眼睛想起哪件衣服，脑海中就能马上浮现出它在衣柜的哪个位置。

就像你想在电脑里找到某个文件，只要搜索关键词就可以一键找到一样，在实操篇的最后，我想用这项“衣物快速人脑检索”终极秘籍来作为收尾。get 到这项技能，以后你就再也不必为了寻找某件衣服而大动干戈，把家里翻个底朝天了；再也不会有把某些衣服遗忘在某个角落，某天久别重逢时，它已人老珠黄的情况发生了。

四步终极秘籍：空间的规划、缺陷空间的改造、合理分类陈列、整理收纳技巧。

下图是经过空间规划及改造后的合理衣橱，我们来说一说每组柜体的不同功能：

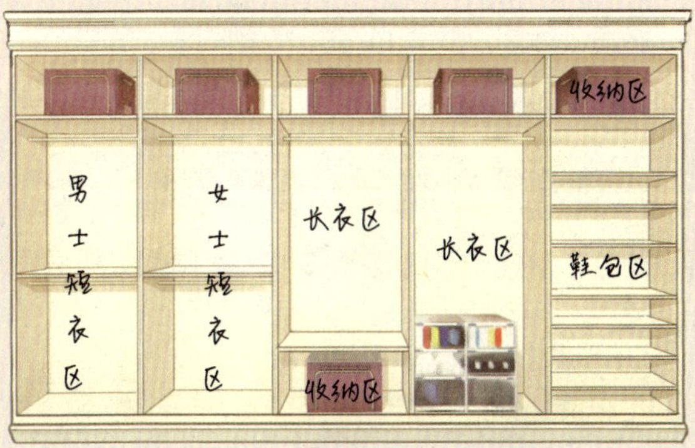

男士短衣区：挂男士半身的衣服，如T恤、衬衫、POLO衫、毛衣、外套、裤子。

女士短衣区：挂女士半身衣服，如T恤、针织衫、毛衣、衬衫、外套、裤子、半身裙、短裤。

长衣区1：挂女士膝盖以上的连衣裙或长外套（男士如果有长外套，也可以一并放置进这个区域）。

长衣区2：挂女士及踝长度的连衣裙或长外套。

底层收纳区：放置PP盒，收纳内衣、内裤、袜子、背心、打底裤等小件衣物。

顶层收纳区：放置被褥及换季的衣物。

鞋包区：根据实际物品的尺寸，调整层板间距后放置鞋子、包包。

我一直主张空间需要进行规划，缺陷的空间要进行改造，衣服尽量选择悬挂的收纳方式，选择合理的整理用品，但空间不够用万不得已时，如何取舍哪些该叠、哪些该挂呢？

1. 内衣、内裤、袜子、打底裤、围巾、泳衣等小件物品是必叠物品。

2. 吊带背心尽量折叠，但如果是带有款式和设计感的吊带，为避免折叠以后找不到，也可以与无袖的小上衣挂在一起。

3. 实在挂不下的时候，首选牛仔裤和运动裤折叠在抽屉内，因为这些物品不易出皱。

4. 如果裤子比较少，那就选择将T恤折叠。折叠的T恤也有很大讲究，比如胸口带花纹的、带涂层的、蝙蝠袖的等等，建议悬挂，而选择基本款T恤进行折叠，否则涂层和花纹不易寻找。

5. 如果裤子、T恤都叠了，还是放不下，那你就需要重新审视一下储物衣柜的格局了！

在完成悬挂收纳后，衣橱内的衣服还需要经过最后一步调整，那就是同一区域内的衣服可以按照颜色从浅到深及色系的顺序进行排列。这样做的好处，一是避免浅色衣服被其他衣服染色，二是便于查找，第三当然是看上去视觉舒服了。

经过以上几个步骤，你家衣柜将会是这个样子的，当当当当——

闭上眼睛，我说：“那件宝蓝色的长款大衣。”你知道它在图中哪个位置了吧？

## 我的经历：

知其所以然，才能知其然

留存不是囤积，而是珍惜和接纳，接纳人生的种种不如意，接纳不完美的自己，因为流经我们人生岁月的种种，都是修行。

# Part 1

## 童　年

“给你半个小时，然后回来练琴！”

每天写完作业后，最喜欢听到妈妈说这句话，因为我可以出去玩儿了，但仅限半个小时。

小时候因父母经商的缘故，我们家住上了县里第一栋商品楼，然后看着旁边的楼一栋一栋地起来，楼下原本很宽敞的空地，变成了一排排80年代东北楼房的一大特色——仓房（买商品房送的小仓库）。

一共六层，我家住五楼。小时候妈妈不在家时，我就踩个小板凳趴在窗边往窗外看，冬天仓房上都是雪，夏天上面都是杂草，我总幻想着，能在上面打个滚儿该多好。

爸爸妈妈做生意没时间陪我，我就每天被阿姨送到各种培训班，电子琴、钢琴、舞蹈、声乐、书法、演讲……轮番轰炸。

从 5 岁起，每天 4 小时的练琴时间成为我生活的“标配”——起床后半小时，午饭后半小时，晚饭写完作业后两个小时，还得练字、跳舞、唱歌，但我最喜欢的根本不是这些，而是画画。

记得有一次我拿着学琴的钱偷偷交给了美术老师，报了素描班（现在我还清清楚楚地记得一季度 80 块钱），然后钢琴老师家访的时候被妈妈知道我那段时间没去学琴，结果挨了一顿胖揍。那顿打至今我都记得清清楚楚，以至于后来很多年，只要妈妈一抬手我就哆嗦，也正是从那次以后，妈妈再也没打过我。不知道为什么，估计亲妈都觉得下手狠了。

小时候我在阳台上养了两只小仓鼠，这两个家伙不

知道毁了我多少本钢琴书，但我确实太寂寞了，平时只能跟它们玩儿。我天真地想，小仓鼠被关在笼子里，像我一样可怜，它们一定很想看看外面的世界。于是，我用手捧起其中的一只放到窗前，让它看外面的世界，结果它却选择了彻底的自由！它纵身一跃，从我的手心里跳了出去……

五楼，是谁给了它那么大的勇气？我哭了好几天。我还没有从这次的悲痛中走出来，它的另一个伙伴儿也许是因为思念过度，也追随它去了，我又剩下了一个人。

熟悉我的人才知道，至今我都不喜欢吵闹的地方，喜欢安静，喜欢发呆。也许你认为我的童年没有享受到应有的温暖，充满孤独和缺憾，但随着年龄的增长，我越来越理解了父母的良苦用心，如果没有小时候父母安排的各种培训班，也就没有我今天的审美和品位。我的童年虽有遗憾，但也留给了我无尽的财富。

# Part 2

## 画

闭上眼睛，仿佛能看到满墙手绘的美少女战士，一张拉着纱幔的单人床，进门的左手边是钢琴，右手边是摆满证书的茶色玻璃家具（80 年代东北超级流行），窗边是练字和写作业的书桌。

经过上次那一顿打以后，我再也不敢提学画的事儿，但无论如何也阻止不了我对画画的喜爱：练字的宣纸变成了一幅幅水墨画，动画片里的美少女战士被我画在一页又一页纸上，贴在枕边的墙上，每天陪着我入眠。

玻璃家具上摆的都是妈妈引以为豪的证书，跟对面墙上贴的美少女战士形成了强烈的反差——一边是妈妈

喜欢的，一边是自己喜欢的。不知道那时候是不是因为孤独，所以我才喜欢坚强的美少女战士。

除去应付各种练习的时间，自己所剩的时间就寥寥无几了，我画过远方的山，画过脚下的路，画过不知名的小花，也画过梦中有爸妈陪伴的家。

伊能静有一首《钥匙扣》，我喜欢根据歌词画里面的场景——小小的身影、邻家的孩子、寒冷的夜、巷口的狗……

小小身影走在长街头　邻家的孩子早已入了梦

只有我还在等候　寒冷的夜谁能拥着我

我多么希望能在回家的时候 爸妈在等着我　有温暖的灯火

我多么希望能够有那么一天　我最亲爱的不是钥匙扣

…………

钥匙弄丢我已等了好久　渐冷的夜里谁能拥着我

巷口的狗也入梦　爸妈是否已经忘了我

多么希望有一天　最亲爱的不是钥匙扣

# Part 3

## 家　变

小时候，别人有的我都有，别人没有的我也有，现在有句玩笑话，用在我身上再合适不过了："我曾经有个做富二代的机会，可是我爹没有珍惜"……

妈妈嫁给爸爸后辞去了国企工会的铁饭碗，开始做小生意，从食杂店开到饭馆，从饭馆开到大饭店，从大饭店开到大酒店，大大小小一共开了 8 家。每天都有司机接送我，我穿的用的都是爸爸出差从北京带回的最好的东西，以至于现在跟老同学聊天的时候，大家还觉得我是个富二代。

妈妈响应邓爷爷的号召，成了中国第一批下海经商

的人，跟上了国家改革开放的步伐。一切都那么顺利，钱赚得飞快，仿佛家里有台印钞机，什么都不缺，要什么有什么。我从小在不愁吃穿的家庭中长大，目睹着家里日新月异的变化。然而，变化的不仅是装钱的口袋，更是迅速膨胀的心。

妈妈一直摸爬滚打做着生意，爸爸在国企当着一个小领导。日子过得非常安逸，谁知在毫无防备的情况下，爸爸被人算计，搭上了家业，又欠下了巨额的债务。直到有一天，我走在街上被一个壮汉抓住，说爸爸欠他钱，要绑了我换钱，那年我13岁……

作为一个正值青春期的孩子，我并不懂家里出了什么状况，当我得知父母离异，家里一夜之间什么都没有了的时候，第一反应就是觉得好丢人。从未吃过苦的我，一夜间从白天鹅变成了丑小鸭，那种感觉在我从事整理行业之前，一直都不敢回忆，像无色无味的毒药，侵蚀着我幼小的心灵。

# Part 4

## 从头再来

突遇家变，懵懂的我无力改变什么，只有选择逃避，我离开家乡到外地求学，一走就是7年。这7年间我从不跟同学和朋友谈起家里，也很少回家，因为我恨，恨妈妈扼杀了我的童年，恨爸爸让我们一无所有，恨自己对现状无能为力。

“非典”前，妈妈因病住院，我回到了老家。“非典”期间，我重新认识了妈妈——不再年轻，妆容也掩盖不住她脸上的岁月痕迹。后来我才知道，妈妈为了供我读书，这么多年一直吃苦受累，身体都是这几年累垮的。

妈妈不再强势，变得很柔软，几个月的相处之后，我再也不想离开妈妈了，我们浪费了那么多年的宝贵时间，少说了那么多年的贴心话，我这个小棉袄是时候该开始温暖妈妈了。从此，我们再也没有分开过，那年我21岁……

出身舞蹈专业的我做了一名幼儿舞蹈老师，每月300元工资，从家走到学校要40分钟，我舍不得坐车，

把钱省下来，每月交给妈妈150元钱。

接手舞蹈班时我有30个学生，因为初出茅庐家长不认可，一下子只剩下2个学生。正当我感到备受打击的时候，一颗钢珠滚到了我脚下，我下意识地踩了一脚，硌得我生疼，然后我捡起它狠狠地向地上摔去，当我看到它不但没有任何损坏，反而还在地上蹦跶的时候，我仿佛看到小钢豆在对着我笑，在告诉我没什么大不了的。我看着颓废又心怀仇恨的自己，看着两鬓斑白的妈妈，决定重新振作起来，从此把“坚强”挂在脸上。我给自己取了一个新的名字——“小钢豆”，没错儿，打不倒的小钢豆！

经过认真研究，我在舞蹈中加入了一些新鲜的舞蹈元素，很快便有了口碑，学生20、30、50地增长，最多时达到80多名，分了好几个班级，同时我也成功地承包了舞蹈学校，开启了我人生中的第一次创业。

# Part 5

## 关于爱情

舞蹈学校办得风生水起，转眼间我也到了谈婚论嫁的年龄。本科毕业、自主创业、舞蹈老师、身材好……各种美丽的标签被贴在我的身上，各种渠道的介绍人开始为我牵线搭桥。

人倒是见了不少，却没有一个能继续谈下去的，遇到觉得适合恋爱的，也超不过一周。每次问起原因，都如同揭开伤疤再撒把盐——父母不同意，因为在我们那个城市，大家都听说过我家当年的辉煌与没落。

有一个胆子大的，认识一周就安排我跟他家里人一起吃饭。饭桌上对方家长特别有礼貌，什么都没说，可然后就没有然后了……我就这样被“剩”了，而且是“名胜”，再剩下去就成“古迹”了。

闺蜜嫁到了上海，我便想找她散散心，于是买了往返机票直飞上海。一到上海我就爱上了那座城市，第三天我便找到了工作，果断退掉了返程机票，留在了上海……

算是一种解脱也好，算是逃离也好，总之我爱这座城市，爱这种小资情调，爱这种品味，爱马路上的味道。上海并不只是一座城，更是一种生活方式。

在朋友特意安排的一次饭局上，我认识了他，一个我以为可以托付终身的人。第一次见他没有一点好感，邋遢的外表，不修边幅的着装，脚下踏着一双满是灰尘的运动鞋。嗯，他肯定不知道我是处女座。

没错，我无情地拒绝了他。

可是，天哪，这个家伙一直追，不辞辛苦地追！

好吧，我最后嫁给了他。

是的，他是我女儿的爸爸。

我放弃了上海的工作，跟着他一起来到了北京。结婚后我很快就怀孕了，可是，婚后的生活却并不像童话故事那样温馨甜蜜——从我怀孕开始他便常年被外派出差，每个月只能回来一次。

人们都说距离产生美，但我们的感情却没能经得起距离的考验。几年以后，孩子长大了，我们也和平地分手了，那便是我另一种人生的开始……

# Part 6

## 人生低谷

在分居的那段时间里，我遇到了一件令我痛苦不堪的事情，就是医生对我的舞蹈职业生涯宣判了死刑。多年从事舞蹈行业令我落下了职业病，最严重的时候平躺不能翻身，站着就不能坐下，蹲下就更起不来，疼痛难忍。

从小开始学习舞蹈，坚持了 20 多年，除了舞蹈我不知道自己还能做什么。那段时间我的心情也坠入谷底，经常胡思乱想，经常抱怨命运对我不公平，觉得自己就是个受害者，无论是身体还是爱情。我整天沉浸在自己的小世界里，除了抱怨还是抱怨，就这样一直恶性循环。

慢慢地，我的身体养好了。有一天，我貌似想明白了一些道理，决定要洗心革面、重新做人，我想出去学习一些新的技能，为自己寻找另一个行业的入口。这个想法立刻遭到了除了妈妈以外所有人的反对，但我依然坚持学习了形象设计专业，并与几个朋友一起开办了形象设计公司。

相信创过业的人都懂得创业过程中的艰辛与不易，从无到有，从没有经验开始，一步一步地往前摸索，有的人最终取得了成功，而有的人则不得不以失败告终——不幸的是，我属于后者。

在我人生中最痛苦的时候，以为婚姻是支撑我内心的唯一信念，而就连这个信念也因为另一个女人的出现而彻底崩塌。

伤痛，创业失败，离婚，遭受多重打击的我无法再假装坚强，从此一蹶不振，整天以泪洗面，还经常伤害自己，最终被医生诊断为中度抑郁症。

W 形的人生如过山车一般，让我找不到自己的方向，我的世界里从此只有灰色……

# Part 7

## 与死亡对话

这是一段不愿对人提起的日子……

当时的我就像生活在一个巨大的灰色的球里，看不见也抓不到任何可以触碰的东西，压抑、恐惧、害怕、孤独……不能提到任何敏感的字眼，否则眼泪就会像打开自来水阀门一样，说流就流，停不下来。当时还练就了一个本领——边笑边流眼泪，那时候才体会到“笑着流泪”这四个字的含义。

当时的我经常跟自己对话——到底是活着好还是死了好，活着已经没有勇气再去面对生活，而死去便可以永远没有灰色，去那只充满白色的天堂。我想象中的天堂都是棉花一般柔软的白：大树是白色的、软软的，马路是白色的、软软的，一切都是白色的、软软的……

那里没有压抑、恐惧、害怕和孤独，一切都是那么纯净，那么值得信任的、软软的白……

有时候我看着天上的云，仿佛看到了接引我去天堂的云梯，抬头望去，只看到一片宁静。而现实的画面却是一个女孩儿坐在五楼的窗边，头靠着窗沿，双脚搭在窗外，痴痴地抬头望着天……

多少次想要跳下去的那一刻都不由自主地回头看一眼房间的门，对这尘世似乎还有些留恋；再低头看看下面的路，死亡的恐惧会在那一刻放大，再放大，总会有个声音告诉我：

“你是个懦夫，你怕死，你也怕活着，你在逃避，你不愿意面对自己。你以为死了就解脱了？你上了天堂就安心了？你会受到那些活着的人对你的谴责与诅咒，你去的也许并不是天堂，而是良心的地狱！”

是啊，我怕活着，其实也怕死，只是想找一个逃避

的方法，寻找一种精神上的解脱。我不愿意去面对一无所有的自己，不愿意去面对创业失败欠下的巨额外债，不愿意让别人看到曾经光鲜的舞者现在变得如同行尸走肉。女儿长大后怎样向她解释她有个失败的妈妈？怎样面对母亲多年来对我的教育与期望？怎样面对自己一事无成的生命？……

死不可怕，我害怕的是死去以后，眼睁睁看着活着的人延续着我给他们带来的痛苦，那我死的意义又何在？美丽的天堂也会被我玷污，所以，死并不是解脱，而是另一种罪恶的开始。

# Part 8

## 姐弟恋

他是我生命中值得感谢的人之一，一个阳光帅气的大男孩儿，一个曾经很好的朋友，我们一起创业，一起失败，直至恋爱并最终分手。生命中有那么多值得感谢的人，没有办法一一提及，而他，正是带我走出阴霾的那个人，当年如果没有他的陪伴，也许就没有今天的我。

原本作为朋友要安慰我，结果却被我哭得手足无措，看着我抱着大树哭了半小时的他，终于忍不住借了个胸口给我，这一借便是两年。从那开始他便陪我一起承担债务，我们一无所有，但他能给我勇气和鼓励，我们开始开天猫店，做微商，做整理，白天一起出去谈业务，做整理服务，晚上回家打包发货忙到半夜。虽然辛苦，

但我们在一起很开心，很简单，那段时间我似乎忘记了所有的不幸和痛苦。

就这样，我的病一点一点地好了起来。心理医生说，心病还须心药医，我之前的种种经历都会导致我缺乏安全感，而他的出现刚好以父亲、哥哥、爱人、朋友等多重身份弥补了我心里的一部分缺失。医生说这个角色只能是异性，一切的一切都源于我记忆中缺失的那段父爱。

很多认识我们的人都不太喜欢他，说他在消耗我，而我自己却并不这么认为，他教会我很多东西——读书、思考、包容与爱，他在我最脆弱的时候陪在我身边，不管那是不是爱，他给予我的已经很多很多，即便不是爱，那也是一股正能量，一束带我走出阴霾的光。

最后呢？结局并不重要，我始终坚信人与人的相识都有各自的使命：有的是来折磨你，有的是来帮助你；有的给你负情绪，有的给你正能量。而他，两年后迫于家里的压力，找了一个女孩儿结婚了，从此我们便再也没有联系，也无需再联系。也许他会看到这本书，真心地说一句："谢谢你！"

# Part 9

## 知其所以然，才能知其然

我的人生失去了什么？而留下的又是什么？

我的童年失去了玩乐的时间，留下的是长大后对事物的感知与审美的视角；

儿时的我失去了绘画的机会，留下的是现在对绘画更强烈的求知欲和动力；

原生家庭给我带来的影响，留下的是极度缺乏安全感的敏感的我；

过早地步入社会独立生活，留下的是我隐藏在坚强背后的那份极度渴望释放的柔软；

青春期里爱情的缺失，留下的是与现实生活背离的那种想象中的爱情；

曾经痛苦与失败的经历，留下的是在现实生活中重新审视自己的脚步；

与死亡的对话留下的是新生命的洗礼……

世间有因必有果，任何事物只要存在，就有它存在的原因。

感谢上天的安排，无论好的、坏的，我照单全收，并将其作为独一无二的养分，滋养我今后的人生。

这就是“留存道”的由来，留存并不是囤积，而是珍惜和接纳，接纳人生的种种不如意，接纳那个不完美的自己，因为流经我们人生岁月的种种，都是修行。

留存道

## 我眼中的美女栎淳和她的留存道

2016年6月中旬，栎淳因中耳胆脂瘤一再恶化不得不住进协和，接受治疗。我崴脚骨折，与石膏为伴。两个人同时被关进“笼子”里，眼看别人在窗外蹦跶，有几分羡慕，但也坦然。难得撇开繁忙事务，稍得闲。

她的检查结果一再不如意，但她依然笑着拿自己的病情打趣开玩笑，以她特有的方式诠释着那份乐观与坚强。认识越久，越是了解到她在漂亮之外有更多品质让人深深折服。栎淳在我眼里从一个好漂亮的花瓶，慢慢有了沉甸甸的质感和内涵。

栎淳身上的坚强、宽广和善良，对整理事业的执着与热爱，对行业的精准剖析，让我看到了她生命内在的力量。

一个女人，经历过生命中种种坎坷，依然对生活如此用心，用心滋养自己，认真过好每一天。每一天都是美美的。

是的，经历过背叛和离异，依然笃定，相信爱情，等待爱情。每次谈起爱情，她的眼神都像一个未经世事的小孩儿，对真正合心意的爱情有着万分美好浪漫志同道合但又完全切合实际的幻想。

我想这就是她留存道的真谛吧，人生过往种种，都是一种滋养，塑造了她今天丰满的灵魂，那是一个成熟和天真并存的灵魂，那份坚韧和宽广，是笃定，更是热爱。

当我真正进入整理的世界，我慢慢体会到，留存道与断舍离是相通的，那是一种并存与相生。

真正的断舍离，并不是扔扔扔，并不是要求拥有的物质一定足够少，其真正的内涵是强化自我轴心。你能 hold 住的物品和信息，就是你的极简。

而真正的留存道，并不是教我们囤货。而是教我们珍惜，珍惜和接纳流经我们人生岁月的种种，把它幻化成为养分，滋养出独一无二的你。

断舍离也好，留存道也好，在我眼里指向的是同一个终点：

对昨天的感恩；

对明天的把控；

对今天的珍惜。

我看到了断舍离与留存道的完美融合，看到了它们内在的一致性。就像我看到一个女人的成熟与天真并存一样，那是一种让人惊喜又回味无穷的芬芳。

是的，现在的我跟栎淳一样，物品并不少，我喜欢我的每一件物品，我把它安置在合理的位置，闭着眼睛就可以知道它在哪里。我出席各种场合有各种衣服，物质与精神，富足且自在。

所以你发现了吗？断舍离也好，留存道也好，殊途同归。身边的一切物质与经历，你都能接纳与把控，那是对生命的滋养。

希望在读这本书的你，能从中得到你想汲取的力量。更好地面对未来人生的各种挑战。

国际整理师协会理事长：张路亚

## 给无法断舍离的你一帖新解药

2014 年，我阅读了山下英子老师的《断舍离》之后，不仅亲身实践，还试图把这个理念传播给身边的亲友。当时在杂志社工作的我，把工作台整理得十分清爽，只剩下电脑、笔筒、纸巾盒和三个文件收纳架，而隔壁一位同事的桌子上，摆满了各类书籍、绿植、茶具，甚至还有香炉。由于她是一位年轻的妈妈，有时候儿童的玩具、绘本，也会带来杂志社存放。

有一天，我把《断舍离》这本书借给她看。过了几天，她还我时说：看完了，理念我认同，但我做不到。因为家里每一件物品，我都喜欢，无法丢弃。

这位同事跟我分享说：从少女时代开始，她就比较看重形式感，因为内心追求有文化腔调的生活，所以需要通过物品去取悦自己。

这个时候，我回头看看自己的桌面，发现光秃秃的，仿佛真的少了一份乐趣。

作为一名断舍离的死忠粉，我发现当自己度过了与“断舍离”的蜜月期，把生活整理成一张白纸后，我看到了它的副作用：仿佛总是缺了点什么，不管是颜色、情趣、放松感，我都想要探求更多。

所以，无论对于无法断舍离的人，还是深度断舍离之后依然感到空虚的人，或许可以尝试一种新的整理术：留、存、道。

它最特别的一点，是不用你快速做决定，去丢弃身边的物品。

这个思想是颠覆性的。因为传统的日式整理第一步，都是要求你完成“丢弃”这个动作：只保留最有必要最心动的家具和物件。接着，每样东西都有自己专属的位置，维持空间清新的空气及大量留白，打扫房间省时省力，主人可以把能量用在更有意义的事情上。

然而，正确的“丢弃”，需要强大的“决断力”。

走进过近1000户家庭的卞栎淳老师分析说：**导致大部分人整理失败，或者重蹈覆辙最重要的原因，就是“决断力”出错了！有些人“决断太快”，沉浸在扔东西的快感里，导致冲动扔物，后悔不已；也有一些人“决断太慢”，导致懈怠拖拉，整理成为没完没了的烦心事。**

然而，留、存、道反其道而行之。它的第一步，是把有用、无用、心动、不心动的物品，统统留下。通过对物品的分类、整理，及对储物空间的合理规划改造，把所有物品一一呈现在主人眼前。视线清楚了，思考更清晰，判断起人与物品的关系，也会更有效率。

**我想，每个热爱整理的人，其实不仅仅憧憬着一个干净舒适的空间，还希望借由整理，成为一个有决断力、自信满满又果敢的人。**

如果你对市面上众多的整理收纳书籍感到无所适从，建议直接读这本就好。如果你已读过一些日式整理书，也不妨读读这本，看看由中国人发明的整理术，是不是更贴心实用？说不定，因为看这本书，你也能自学成才，变成一位生活整理师。

因为做第1整理术这个平台，有机会和近20万网友聊他们心目中理想的家。

记得有位网友说：人如何安排自己的空间，无非都在寻找自己的理想国，填补自己内心的空洞。断舍离或恋物癖，都一样。

祝愿大家早日找到最适合自己的整理术，顺其自然，知行合一，抵达内心的“理想国”！

“第1整理术”自媒体出品人：一朵

## 让生活去决定物品的去留

认真思考整理是因为最近很火的舶自日本的“断舍离”，继而看到“怦然心动”法，但我实在没有想明白该如何实际操作。

如果照彼理论，只留“必需的”，那么加湿器好像不是必需；家里分洗大人衣物、小孩衣物和窗帘抹布的三台洗衣机中，有两台也不是必需；至于剃须膏、沐浴乳都可以用香皂替代，好似也可以舍弃；甚至因为打球置办的球服、球鞋、球帽，待在一年只分夏冬的城市，毛衣、夹克之流都可以支援贫困地区了。再把“不心动的”都扔掉，那么夏天貌似只有裸奔才是我最终的追求。一直没法进行实际操作，苦思不得其解，直到遇到了卞老师的“留存道”。

一开始跟卞老师交流，是为了解心中的惑，随着老师的讲解，和她给其他朋友的回复，沉淀了多年的整理精髓开始化茧成蝶，提出了“留存道”的理论，让我茅塞顿开，并且马上着手实施。

**不着急扔这个理论是非常符合国人的心理的，先培养习惯，进而进行一段时间的“试用”，适应了这段时期，再根据自身的需求进行调整，原来觉得“无用的”和“必用的”旧物经历生活的检验进进出出，完成最终的定格，用生活决定留与扔乃是最合理之举，也不再有那么多纠结与惋惜。留存之间就是自然的体现，便能体会道法自然之韵了。**

“留存道”的提出正是时候，早一点也许还不太迫切，而晚一点就直接进入极简生活。卞老师作为国内进入整理行业的先驱，积累下的丰富理论、实际操作和解决问题的经验，都可以实实在在地帮到读者。

因为认可并且实践留存道理论这一缘分，我跟老师成了无话不说的好朋友。继而了解了每一个成功之人背后必有坚持的故事，就越发认同理论之外的为人之道，言语之法。欣喜于此道成书，可以广度国人，特以序记之。

生活杂家：茶哥

## 一本具有里程碑意义的整理书

恭喜你，这本书的读者，你好幸运，到了这时候才真正认识这个作者。要是你早一点认识她，估计你都不会买，这样你就会错过一本具有里程碑意义的书了。

是的，这是一本具有里程碑意义的整理书。

作为整理界的同行，某种意义上，我也是卞老师的学生。我以此为荣。因为这个行业好年轻，一开始都是摸着石头过河，大家都在互相学习，所以同行也是亦师亦友的关系。但是，**国内目前真正形成了成熟理论系统，并经过大量真实案例验证的整理书，这是第一本；既有经验与教训的来龙去脉，又有接地气的实操方法的整理书，这是第一本；不仅教你一二三，也教你怎么从一到二再到三的整理书，这是第一本。**

这本书来得正是时候。若是早一点，她没有经历那场生死攸关的大病，没有闭关面壁式的住院经历，没有我和茶哥的正能量发功（此处有掌声），她还是一只走路都眼睛看着天的骄傲的小孔雀——光彩照人，才华横溢，但却不是我喜欢的样子。

若是没有那场病，我和她也不会成为挚友，更不会有缘分来写这篇文章。直到死神擦着她的耳朵低空盘旋（这不是一个比喻），我才知道了她更多的故事：

她在病房里疯狂地学画画，是因为许多年前那团被生生掐掉的小火苗，火种还保护得好好的；她光鲜亮丽的背后，是坎坷曲折的往事；她得到的每一个荣誉和成就，是无数鼻青脸肿和辛酸汗水换来的。

这世上并无捷径，也无弯路可言。对一个心有罗盘的人来说，每一条路都通往目的地。

一场大病让她像成熟的麦穗那样低下头来，重新审视了生活中最重要的东西。一些事情看重了，另一些事情自然就看轻了。她变得谦逊、柔软、淡定，更有人情味儿了。直觉告诉我，这朋友可以交。

与此同时，我一直在追她的讲座和课程，无论是线上的还是线下的。“留存道”这个概念最早提出来的时候，其实是有风险的。一方面是因为“留存道”行之有效、立竿见影，已经开始有零星的知识产权盗用的苗头；另一方面是因为虽然有了“留存道”这个称呼，但是“任督二脉”还未打通，要挑战甚至颠覆现有的思维惯性，又要接地气，是非常不容易的。

第一个风险的应对，就是快马加鞭把“留存道”写成书，把诸如“不要纵容错误的存在”“不要用一个错误去解决另一个错误”这类经典语录落笔为安。第二个风险的应对，就只有交给时间，等待市场成熟，等待实践出真知。令人惊讶的是，人们接受新事物的能力是如此之强，成长的速度是如此之快。这边还在改书稿，“留存道”的粉丝已经呈几何级数增长，最多的评价就是：“试了管用”和“不易反弹”。希望这也能成为你爱上这本书的理由。

再透露一个内幕，其实卞老师特别不擅长写作，别看她课上得风生水起，那些课件都在她脑子里，要她写出来，可把她愁死了。所以这本书，没什么哗众取宠的东西，都是实打实掏心窝子的话，满满的干货，可谓诚意之作。

现在我知道了，那时，死神在她耳边留下的是一个亲吻，而她把这个亲吻变成了一个祝福。亲爱的，愿命运永远眷顾你，愿世界对你温柔相待。

亲子整理师：悠 Robin

## 生活操盘手

我和栎淳认识较早，算算大约十年有余。我是不善言辞之人，除家人工作外，仅爱读书画画，独行独坐时是我思想最活跃、内心最充盈之时。我这样慎独而挑剔的性情，在“天下熙熙”的帝都，交朋友是比较费周章的，所以能划归朋友圈的人，全是历久弥新、掏心掏肺、两肋插刀的挚友，栎淳是其中一位。

你以为我们是那种可以约着逛街美容聊八卦的闺蜜，那就错了。其实我们一年联系的次数比女士们大姨妈迟迟不来的次数都少，但每次联络必定是时光再现、火花碰撞、质量贼高、可歌可泣的状态。可能都是处女座的缘故，私以为我们之间总有一种默契而可贵的心灵相吸和品行认同，“陌生的城市啊，熟悉的角落里，也曾彼此安慰，也曾相拥叹息”，那种在茫茫人海中见到久别亲人的感觉真的太爽了。

鉴于此，我可能有那么一点资格谈谈我心目中的栎淳和她最爱的事业。

虽然对栎淳这些年来致力于专业整理领域早有了解，甚至参与了小小的建议，但是系统而深入地阅读她的新书《留存道》后，还是深受感动。很多国人并不了解“衣橱整理师”这个行业，略知一二者或许认为不过是家政服务行业的一个分支。对这个行业的误解总结起来有两类：一是认为整理师不过受雇于有钱无暇之人，把其堆积成山、价值不菲的衣包鞋饰等物品各归其位，以便悦目和取用；二是认为所谓的整理就是“扔扔扔”，所以日式“断舍离”曾经风靡一时，我有位同事在“断舍离”过程中，把老公八成新的内衣袜子都忙不迭地丢掉，目的仅为腾空衣橱，想想觉得十分好笑。

还记得去年此时，我和栎淳坐在三里屯 village 一间茶餐厅，聊至深夜。她很轻柔地同我讲，整理房间，次要的是整理物品，首要的是整理生活。彼时窗外灯光闪烁，我经她启发也似有所悟，整理不外乎“取舍”二字，舍即丢弃，取即留存。“舍”，从小处看不过是丢掉一些身外之物，所以当然是家中目力所及东西越少越好，但在过度丢弃时，也造成了另一种浪费。而“取”则是更深一个层次，中国人数千年来都在一个熟人社会生长，亘古不变的情义和传统均寄托在物品之上，所以我们常说“睹物思人”，“物”是承继情感的最佳载体。环顾中国人的家，可以很容易地指出，这件红上衣是生日时妈妈送的，这块蜡染手帕是爸爸出差时特地带回的，这串珍珠项链是结婚纪念日爱人精心挑选的……凡此种种，不一而足。当我们把承载情感的物品清空，其实清空的是我们的生活和过往，丢掉的是我们的情感和寄托。栎淳所谓的“整理生活”，我想就是她极度渴望长情的我们不要盲目地丢弃物品、舍弃过往，而应该有所保留、有所为有所不为，更应该让生活通过整理这个过程思考、延续、整合、升华。

《道德经》开篇即言：“道可道，非常道；名可名，非常名。”在老子看来，世间万物春荣冬藏、熙熙攘攘，万变归宗均离不开一个“道”字，所以老子又说：“道乃久，没身不殆。”“道”是宇宙的本体，它产生了这个世界，可以说是这个世界甚或是各个领域的本源，即便人消亡了，“道”依然会以某种形式存在着。栎淳年纪之轻，竟能将自己创新工作的领域顿悟出“道”的意味，确实令我刮目相看。一代人有一代人的责任，无论我们是否存在于这个世界上，让前辈传承给我们的生活得到更好的延续，这就是我们的责任，也是“留存道”之所以要“留存”，而非“舍弃”的重点所在。

栎淳恰恰是这样一个人，你们看到的她是成功、优质、貌美、多金的时尚ICON，而熟识她的朋友看到的她，则是周身散发着一种特立独行又不屈不挠的美的普通女子。你们也许会好奇她这样年轻，为何能想出如此满含哲思的行业理念，尤其是她还将这一理念纯熟而成功地运用在整理行业的实操层面，并一一实现。让我悄悄告诉你，我认识的她从来不乱扔“东西”。比如事业，曾经用尽毕生气力去追求舞蹈灵性之美且成就斐然的她，由于身体原因被医生宣判“舞蹈死刑”，而她却把舞蹈之美运用在衣橱整理领域，用跨界融合理念引领一个行业的前行；比如爱情，曾经爱到天崩地裂海枯石烂的人终究不是可以携手白头之人，她没有挥一挥衣袖远远走开，而是从另一个维度延续了情感中最有营养的部分……呵呵，料爆得是不是够多了？其实我想说的是，《留存道》这本书为何值得一读，“留存道”这个方式为何适用于家居整理及生活中的方方面面，那是因为推动这一理念执着前行的发起人，她在自己的生活中既知道欲望的出处，又知道欲望的边界。愿你们和她一样，勇敢地与内心相处，诚实地面对过往，智慧地延续生活。因为，生活只有一个操盘手，那就是你自己。

此书，是一种生活艺术；此人，更是一本读不完的书。

资深博物馆管理者：叶蓁蓁

**图书在版编目（CIP）数据**

留存道 / 卞栎淳著 .-- 武汉：长江文艺出版社，
2017.3（2018.7 重印）

ISBN 978-7-5354-9350-7

I. ①留… II. ①卞… III. ①随笔—作品集—中国—当代 IV. ① I267.1

中国版本图书馆 CIP 数据核字 (2016) 第 323381 号

# 留存道

卞栎淳　著

---

选题产品策划生产机构 | 北京长江新世纪文化传媒有限公司
选题策划 | 金丽红　黎　波　安波舜
责任编辑 | 王赛男　　装帧设计 | 郭　璐　　媒体运营 | 符青秧
法律顾问 | 张艳萍　　内文排版 | 张景莹　　责任印制 | 张志杰　王会利
人像摄影 | 云焰星　　内文插画 | 娜　娜　张宜霖
总 发 行 | 北京长江新世纪文化传媒有限公司
电　　话 | 010-58678881　　传　　真 | 010-58677346
地　　址 | 北京市朝阳区曙光西里甲 6 号时间国际大厦 A 座 1905 室　　邮　　编 | 100028

出　　版 | 长江出版传媒 | 长江文艺出版社
地　　址 | 湖北省武汉市雄楚大街 268 号湖北出版文化城 B 座 9-11 楼　　邮　　编 | 430070
印　　刷 | 北京尚唐印刷包装有限公司
开　　本 | 880 毫米 ×1230 毫米　1/32　　印　　张 | 6.25
版　　次 | 2017 年 3 月第 1 版　　印　　次 | 2018 年 7 月第 2 次印刷
字　　数 | 120 千字
定　　价 | 39.80 元